KB094602

마유미

마유미

이희주

위즈덤하우스

1

　희구대는 대한민국 강원도
응랑특별자치군 응랑면 희구리에 위치해
있다. 삼성산 입구 삼거리에서 북동쪽으로,
오래된 돌무덤을 지나 갈지자로 난 계곡
길을 따라 오르다 보면 어느 순간 시야가
탁 트이며 뒤편엔 푸른 산자락을 업고 바다
쪽을 향해 돌출된 해안 절벽에 다다르는데
그곳이 동풍막이, 혹은 희구암이라고
불리는 희구대다. 해발 333미터. 인공물로는

도쿄타워와 같은 높이의 희구대에서 보는 풍경은 조선 시대 백 대 절경 중 하나로 꼽힌다. 정철이 꿈속에서 신선을 만나 창해수, 유하주라는 귀한 술을 마셨다고 비유한 장소로 유명하고, 관련 설화로는 '일곱 아들을 낳은 처녀'라든지, '뱃구레가 큰 아들'이 있다. 그 밖에도 여자들이 짝이나 자식을 구하거나 바다에 나간 아버지나 남편의 무사 귀환을 빌었다는 등의 기록이 남아 있지만 무엇보다 희구대의 이름을 가장 널리 알린 것은 자살의 명소라는 이야기다. 1990년대 초, 세기말 오컬트 붐을 타고 제작된 전국방송의 한 꼭지로 〈자살바위의 미스테리—강원도 응랑군 희구대〉라는 영상이 16분 35초간 방영된 것은 응랑의 역사에 남을 사건이었다. 오명이라면 오명이지만 최북단 백령도나 대성동 자유의 마을에 비해 알려지지 않은 탓인지 (여론 조사 결과 국민의 85퍼센트 이상이 응랑이라는 지역을

몰랐고, 7퍼센트는 삼팔선 이북에 있는 것으로
착각했다) 군 차원에서 공식적으로 항의하거나
잘못된 인식을 적극적으로 수정하려는
노력은 없었다. 오히려 거꾸로였다. 1996년,
응랑 군수는 응랑군을 시로 승격시키기 위한
일환으로 당해를 관광의 해로 지정하였다.
군청은 응랑의 자연물과 사찰, 유명
음식점에 대해 안내하는 팸플릿을 기차역 및
관광지에서 무료로 배포했는데, 이때 희구대
소개란에 '자살바위'라는 별칭도 함께 실렸다.
죽기 직전 보고 싶어지는 멋진 경치라니!
이것이 사람들의 호기심을 자극했다.
관광객이 줄을 잇자 산길은 정비되었고,
10월엔 단풍놀이 철을 맞아 이례적으로
기차가 증비되었다. 발길은 다음 해 IMF가
터진 뒤로도 이어지며 응랑의 자살자 수
증가에 크게 기여했다. 그 뒤 '자살바위'가
언급된 판본은 전면 회수, 폐기되었고

공식적인 문건에 '자살바위'란 명칭은 다시 등장하지 않는다. 물론 그 후로도 희구대를 재발견하려는 시도는 계속되었다. 공명왕이 희구대에 있던 정자에서 시구를 지었다는 기록을 근거 삼아 유형문화재로 지정하려고 하거나, 공식 웹사이트 '군민의 소리'란을 통해 접수된 의견을 바탕으로 하트 모양의 자물쇠를 걸 수 있는 철망을 설치해 연인들의 스폿을 조성하려 했던 것이 대표적인 예다. 둘 다 채택되진 않았다. 전자의 경우 주춧돌 하나 발견되지 않은 탓인지 공명왕이 여장을 즐기는 기이한 행동을 하고 나라를 망친 폭군이었던 탓인지 확실치 않지만, 후자의 의견이 기각된 이유는 확실했다. 자살바위를 연인들의 장소로 활용하자니. 그런 비상식적인 얘기를 누가 좋아하겠는가? 어쨌든 이러한 크고 작은 시도는 지난 세기에 막을 내렸다. 1999년 8월, 서울발 관광버스를 타고 온

열두 명이 희구대에 올라 집단 자살한 일명 '자살버스 사건' 이후 희구대로 향하는 유일한 길이었던 등산로는 폐쇄되었다. 그렇게 희구대는 사람들의 기억에서 지워졌다. 그러나 응랑의 원주민들은 알고 있다. 언제든 희구대에서 다시 사건이 일어날 거라는 거. 그건 경제가 몰락한 탓도, 우울증 탓도, 범인 탓도, 죽고 싶어질 만큼 멋진 풍경 탓도 아니다. 희구대가 이야기를 필요로 하기 때문이다. 하필 현주가 희구대에서 몸을 던진 덴 그러한 이유가 있다. 그러니까, 나의 탓이 아니다.

❖

"이거 좋다."
"사진 찍어줄까?"
"그래."

현주가 전시물 앞에서 걸음을 멈췄다. 뱀술을 담글 만한 크기의 유리병은 간장으로 채워져 있었고, 그 안에 야구용 나무 배트가 들어 있었다.* 나는 전시물에 조금 더 붙으라고 손짓하며 맞은편 벽에 등을 붙이고 엉거주춤 쭈그려 앉았다. 지나가는 사람을 피해 셔터를 누르자 화면 속에 방금 전 현주의 모습이 박제되었다. 찍히는 것이 낯설다는 듯, 토트백 손잡이를 꼭 쥐고 있는 모습이 순박해 보였다. 어쩐지 마유미가 묻어 있는 듯한 멋진 사진이었다. 현주도 만족해했다.

평일 낮 미술관에 사람은 적었다. 낮은 실내 온도에 팔을 문지르며 작가가 도미 기간 동안 남긴 기록물을 읽었다. 중산층 도련님이 미국에 가서 받은 충격이 어마어마했는지 쪽지, 일기, 가족에게 보내는 편지, 작품 구상을 한 듯한 낙서 등 많은 구절에서 소수자로서의 자기를 발견한 놀라움과

열등감이 드러났다. 남성성을 박탈당한 남자. 거기선 불행을 예술로 승화할 수 있다는 예술가 특유의 피학적인 기쁨도 느껴져, 나는 방금 본 오브제를 다시 한번 곱씹었다. 작가는 총, 칼만이 침략의 도구가 아니라는 걸 아는 사람이었다. 삼키는 것. 녹여버리는 것. 파묻어 질식시키는 것도 전략이라는 것을 알았다. 그리고 작가는 남자가 되길 포기한 남자. 온몸의 지방이 흘러내리고 주름이 잔뜩 진 커다란 여자가 되고 싶은 남자, 겨드랑이, 가슴, 뱃살, 물렁한 사타구니를 갖고 싶어 하는 남자였다. 현주가 중얼거렸다.

"가끔 팔뚝이 얼굴만 한 남자가 되어서 거들먹거리거나 맘에 안 드는 사람을 죽을 때까지 패는 상상을 하거든?"

"응."

"남자들도 그런 거겠지? 내가 남자가 된다면 곧장 수컷이 되는 상상을 하는 것처럼,

그 사람들도 본능적으로 알고 있는 거겠지?
간장 같은 여자가 진짜 여자라는 걸 말야."

"글쎄."

"그런 남자들도 나를 보면 역겨운 마음이
들까? 내가 남자 아닌 남자들이 역겹다고
생각하는 것처럼?"

"설마."

"내가 그 사람들을 싫어하는 건 나 역시
가짜 얼굴을 갖고 있기 때문이야." 현주가 한
박자 쉬고 중얼거렸다. "마유미 말이야."

나는 대꾸하지 않았다. 마유미는 마유미고
너는 너야. 그런 대답이 올라왔지만 삼켰다.
최근 현주가 저런 말을 하는 빈도가 늘었다.
단지 마유미의 움직임을 연기할 뿐이면서,
메소드 연기를 한다며 자기 엄마에게
패악질을 부리는 아역 같은 소리를 한다.
(아역도 저런 멍청한 소리는 하지 않을지 모른다.)
아무도 현주에게서 마유미를 발견하지 못할

텐데. 전 세계 박스오피스를 강타한 대작에서
관객들이 본 건 노란 눈에 푸른 얼굴을 한
나비족이지, 얼굴에 콕콕콕콕 녹색 점을 찍은
배우가 아닌 것과 같다. 영광은 우리 것이
아니다. 있다면 전부, 마유미의 것이다.

　　현주는 수사적인 질문을 던진 것이
부끄러운 듯 응랑은 어땠냐고 화제를
바꾸었다. 무슨 말을 골라야 할지 망설이다
흥미로운 곳이라고 했다. 그 말대로였다.
하루 두 번 완행열차가 다니는 응랑을 좋은
관광지라곤 할 수 없다. 바다는 검고 차가워
원주민만이 발을 디딜 수 있다. 방치된
그대로의 자연은 거칠었고, 러시아산 냉동
명태로 끓인 맑은 탕은 살이 다 부서져 있었다.
검은 바위들이 독특한 육각형 모양으로
치솟은 주상절리를 구경하거나, 둘레길의
우드데크를 따라 적당히 걷다가 앤티크
카페에 앉아 신선한 커피의 향과 여유를 즐길

수도 없었다. 그래서 좋았다. 명물은 침묵이요, 넉넉한 것은 오직 무관심뿐인 음울한 바닷가 마을엔 이상하게 사람을 끄는 구석이 있었다.

"좋았겠는데. 원래 알던 데야?"

그렇다고 해야 하나, 아니라고 해야 하나? 애초에 가고 싶었던 곳은 응랑 중에서도 희구대였다. 중학생 때, 실화를 기반으로 한 탐사 프로그램에서 다룬 '자살버스 사건'을 본 이후 희구대는 줄곧 나의 호기심 대상이었다. (잭 더 리퍼나 제프리 다머의 살인 루트를 따라 관광하는 패키지도 있다니, 세상에 별종이 나만 있는 것은 아니다.) 그러나 현재는 모래내해변에서 기암괴석들 사이로 우뚝 선 모습을 볼 수 있을 뿐, 직접 올라갈 순 없다. 그래도 한때 응랑에서 가장 밀었던 관광지였던 만큼 관련 지역 박물관은 남아 있어, 아쉬운 대로 그곳을 방문했다.

규모는 작아도 나름대로 충실한 곳이었다.

안내 데스크 옆 작은 서가에서 역사 자료 및 스크랩북을 열람할 수 있었다. 주 전시관의 벽면을 따라 놓인 사진과 그림 자료의 퀄리티도 좋았고, 한가운데 달걀노른자처럼 자리한 디오라마도 무척 정밀했다. 나는 거인처럼 고개를 디밀고 조그만 집과 나무, 투명 에폭시를 발라 번뜩이는 파도를 보았다. 버튼을 누르면 높이 솟은 바위 위에 뾰족한 불이 켜지며 기계 여인의 목소리가 희구대에 대한 설명을 읊었다. 재밌어서 몇 번을 듣고 마지막으로 별관에 딸린 3D 영상실을 방문했다. 15분짜리 영상을 한 시간에 두 번 상영했는데 때가 맞았는지 입장하자마자 불이 꺼지며 천혜의 자연, 전설의 도시 응랑의 희구대로 당신을 초대합니다, 라는 멘트가 나왔다. 그러나 보이는 건 검은 화면뿐으로 고장인가? 싶어 자리를 뜨려는 찰나 스크린 한 구석이 흰 우유 한 방울을 떨어트린 듯

서서히 밝아졌다. 제자리에 앉았지만 화면은
다시 볼링 핀 같은 실루엣의 여자가 절벽 앞에
서 있는 장면에서 멈추었다. 암만 입장료가
무료래도 그렇지. 너무하는 거 아닌가.
실망스러워 이번엔 진짜 나가려는데 문득
여자가 천천히 몸을 돌려 나를 보려 하고
있다는 걸 깨달았다. 그와 눈을 마주쳐서는
안 된다는 것도. 턱이 덜덜 떨렸다. 눈꺼풀을
닫아 시야를 차단하려고 했지만 불가능했다.
알 수 없는 힘에 결박된 내게 돌아가는 여자의
귀밑머리가 보이기 시작했다. 옆모습이, 높게
솟은 광대뼈가 보이기 시작했다. 그리고
흘기듯 이쪽을 노려보는 눈동자와 눈이
마주치려는 순간, 소리를 지르며 팔을 뻗는
내 어깨를 누군가 툭툭 두드렸다. 고개를
들어보니 안내 데스크에 앉아 있던 여자가
겁먹은 표정으로 나를 내려다보고 있었다.
그제야 가위에 눌렸었다는 걸 깨달았다.

"너무 안 일어나셔서요."

"아," 나는 머쓱한 얼굴을 했다. "죄송해요. 좀 피곤했나 봐요."

"괜찮으신 거죠?"

"물론이죠."

"그럼, 넉넉히 보고 나오세요."

여자는 종종걸음치며 데스크로 돌아갔다. 내가 방문하기 며칠 전 한 노인이 영상을 보던 중 심장이 멈췄다는 것은 나중에 알았다. 그러나 문제는 그게 아니었다. 나는 꿈을 잘 꾸지 않는다는 거, 아니, 꿈일수록 이성적으로 굴어 꿈이 내게 잘 오지 않는다는 사실이 중요했다. 꿈에서 나는 불이 나면 끄고, 돼지가 품으로 달려오면 피하고, 똥이 마려우면 항문에 힘을 주었다. 그래서 부자가 되지 못했다. 하지만 나는 분명 그 여자를 떠밀었다. 꿈에서 어떤 끝을 본 것도, 살인을 저지른 것도 처음이었다. 그 일은 생각보다 훨씬, 엄청나게

찝찝했다.

"뒷부분은 빼. 너무 칙칙해."

"마유미 얘기 아냐. 그냥 그런 일이
있었다고."

"아, 네 얘기야?"

"응."

"그러면 마유미는? 응랑에 가서 뭘
했는데?"

"마유미답게 지냈지. 혼자 산책하고,
박물관 가고, 숙소에서 책 읽고."

"음." 현주가 어중간한 감탄사를 내뱉었다.
"그건 좀, 너무 시시하지 않아? 이건 어때?"
현주가 들려준 이야기는 다음과 같았다. 해가
저물 때 바닷가를 산책하다 숙소로 돌아간
마유미는 마당에서 불을 피우고 있던 젊은
네 남녀와 마주친다. 그들은 함께 저녁을
먹자며 마유미를 초청한다. 마유미는 그중

한 남자에게 자꾸 눈이 간다. 그도 자신에게 눈길을 준다는 걸 알고 있지만 그에겐 애인이 있고 마유미에게는 돌아갈 곳이 있다. 그러나 늦은 밤, 우연히 둘만 남아 대화하던 중 서로가 서로의 첫사랑을 닮았다는 걸 알게 된다. 그리고 요동치는 마음…….

"요즘 연애 관찰 프로그램이 유행이잖아. 약간 그런 풍으로. 시청자들이 아, 얘들 눈에 익었다, 캐릭터 파악 좀 되었다 했을 무렵에 새로운 멤버가 딱 등장하는 느낌으로다가. 결과적으로는 아무 일도 일어나진 않지만, 뭔가 있었다는 뉘앙스를 풍기면서 재밌는 여행이었어요, 그러는 거야. 교수랑 젠틀맨도 살살 건드릴 수 있을 거 같고. 어때?"

"마유미가 누굴 좋아하는 건 좀 그래. 역효과가 나지 않을까 싶은데."

"지금은 좀 시시하잖아. 자극이 필요하다고."

현주가 인상을 찡그렸다. 교수와 젠틀맨이 쓰는 캐시가 줄어든 건 나도 알고 있었다. 요즘 주식장이 좋지 않아 그런 거 같다고 얘기했지만, 현주는 불안을 지우지 못했다. 아무래도 최근 인기가 급상승하고 있는 신인 버튜버에게 마음이 쏠리는 것 같다며 마유미에게 변화를 줄 필요가 있지 않겠냐고 했다.

"뭔가 좀 다른 게 필요해."

"알았어. 한번 고려해볼게."

말은 그렇게 했지만 절대 그럴 일은 없다고 나는 생각했다. 마유미는 얌전한 애다. 처음 만난 사람들과 고기를 먹고 술을 마시는 일 따윈 일어날 리 없다. 우리 시청자들도 그런 걸 원하지 않는다. 통계가 그걸 증명하고 있다. 그들은 평균적으로 기품 있는 사람들이다. 마유미를 손주처럼 생각하는 어른들. 딸처럼, 공주처럼 생각하는 사람들, 진짜 사랑이 무언지 아는 이들이 마유미를 사랑한다.

　현주에게서 방송 대본을 써달라는 부탁을
받은 건 1년 반 전의 일이다. 그때 나는 일 없이
노는 상태였다. 번거롭기만 하던 5만 원짜리
잡문도 궁한 지 오래로, 쉽게 말해 세상에 내
글을 원하는 사람은 아무도 없다는 상황에
맞닥뜨려 잠과 우울로 시간을 때우고 있었다.
세상에 존재하는 아름다운 것들을 엮어서
하나로 만들어냈는데, 훔친 구슬을 썼다고
배척당했다. 충격이 꽤 컸다. 나는 몰라도
내 글이 폭격당하자 둥지 잃은 까마귀처럼
망연했다. 점점 인간이 싫어졌다. 그들이 내게
하는 불가능한 요구—새것을 창조하라—가
싫어졌다. 내겐 베끼는 재능만 있을 뿐 만드는
재능은 없다. 그러나 사람들이 원하는 건
초월적인 재능이었다. 하늘에서 뚝 떨어지는.
레퍼런스 따윈 없는.

"이번엔 그럴 거 없어. 맘껏 가져다가 써도 되는 모델이 있거든."

"누구?"

현주가 자기 얼굴을 가리키며 씩 웃었다. 다큐멘터리 대본을 쓰라는 거야? 물으니 아니 아니! 하고 현주가 고개를 저었다.

"캐릭터를 만드는 거야."

"응."

"그런데 움직이는 건 나지. 그걸 보고 네가 이야기를 붙이면 되고."

무슨 소리를 하는 건지 잘 이해되지 않았다. 자기를 모델로 무언가를 써달라는 걸까? 현주는, 미안한 얘기지만 어떠한 영감이 떠오르는 인물이 아니었다. 많은 여자애들처럼 누군가의 뮤즈가 되길 꿈꿨으나 그럴 자질이 없었다. 그는 잊은 걸까? 우리가 이렇게까지 가까워진 건 지나치게 서로를 닮았기 때문이라는 걸? 거울을 증오하듯,

미워하면 한없이 미워할 수 있는 관계라서
그 두려움 때문에 휴전했다는 걸? 자기 말을
도무지 이해하지 못하는 내게 현주는 이편이
빠를 거라면서 마유미를 소개해줬다. 그리고
그를 보자마자 나는 현주가 말하고자 했던
바를 깨달았다. 아름다운 소녀. 마유미는 내가
자신에게 생을 불어넣어 주기만을 기다리고
있었다. 현주가 그의 팔다리를 움직이는
것만으론 가게 앞의 공기인형과 같았고,
기계의 펌프질 따위론 마유미를 채울 수
없었다. 나는 마유미의 앞에 무릎을 꿇었다.
작은 턱을 들어 속 깊이 숨을 불어넣었다.
그의 피가 돌게 하는 것. 숨살이꽃, 뼈살이꽃,
살살이꽃. 그건 내가 만든 이야기였다. 네가
잘할 줄 알았다니까. 현주는 웃었지만 실은
반대다. 죽은 줄도 몰랐던 나를 살린 건
마유미였다. 삶을 원하는 마음, 살아가고자
하는 마음을 준 건 내가 아닌 마유미다.

마유미가 그걸 주었다.

　미술관 근처 지하철역 개찰구 앞에서
현주와 헤어졌다. 이따 집에서 보자고 하고
현주는 도심 내부의 순환선으로 갈아타는
방향으로, 나는 외곽 방면으로 향했다. 조금
일찍 나온 덕에 퇴근 시간과 겹치진 않아
편히 갔다. 그럼에도 역에서 내리자 등줄기가
축축하게 젖은 건 다른 이유 때문이었다.
　현주에게 부탁을 받고 벌써 한 달이
지났다. 그간 별말이 없던 건 잊어서가 아닌
민망하기 때문이라는 듯, 현주는 응랑에 가는
내게 돈을 부쳤다. 명목이야 취재만 하지
말고 맛있는 거라도 먹고 오라는 거였지만
20세기에 해외여행 가는 것도 아니고,
서울역에서 무궁화호 열차에 올라타면 갈 수
있는 국내 여행, 그것도 1박 2일 여행에 큰돈을
주는 것엔 분명 목적이 있었다. 하루빨리

요양보호사를 자르라는 거다. 현주는 싫은
소릴 하는 걸 끔찍하게 싫어했다. 나라고
좋아할 리는 없다. 그래도 어떤 일은 해야만
했다. 돈 때문에도 그랬지만 할 사람이
없으니까 해야 했다.

숨을 한번 크게 쉬고 미닫이문을 열었다.
발을 내딛는 순간 밑창에 무언가 달라붙은 게
느껴졌고, 신을 들자 뭉개진 밥알이 보였다.
이모님이 먹다 떨어뜨린 주먹밥인 듯했다.
불쾌했지만 그보다 훨씬 역겨운 건 공기 중에
떠다니는 지독한 악취였다. 순식간에 얼굴이
굳어졌는데, 보조 침대에 누워 있던 이모님은
깊은 잠에 빠졌는지 일어나지 않았다. 괜한
심술에 발을 쿵쿵대보아도 반응이 없었다.
한번 뒤척이지도 않고 곤히 자던 그가 번뜩
몸을 일으킨 건 10분도 더 지난 뒤였다. 그는
나를 보고는 새끼 짐승처럼 놀라더니 미소도
뭣도 아닌 어색한 표정을 지으며 웅얼댔다.

"아유, 깜빡 졸았네. 잠깐만, 잠깐만 기다려봐. 아이고, 우리 언니 똥 쌌네. 얼른 닦아줄게. 저, 밖에 나가서 잠깐만 기다려."

그 말에 떠밀리듯 복도로 나가서, 이토록 비싸고, 그래서 나 같은 사람은 오로지 건강할 때만 들어올 수 있는 병원과 어울리지 않는 1인실을 떠올렸다. 티슈, 과도, 안경집, 벗어둔 운동화, 말라비틀어진 과일 껍질. 전부 제자리랄 게 없이 널브러져 있는 그곳은 이모님의 살림집이었다. 아줌마는 잠자는 시궁창의 공주고. 처음부터 그랬던가? 그렇진 않았던 것 같다. 손끝이 야물진 못해도 나름대로 애를 쓰는 듯하던 이모님은 내가 아줌마의 친딸이 아니라는 걸 알자 점점 게을러졌다. 병실에선 똥 냄새도, 죽어가는 사람 냄새도 아닌 버림받은 사람의 냄새가 풍겼지만 온전히 이모님 탓을 할 수만도 없었다. 당연하지. 자기 딸도 외면한 인간을 누가 돌보겠는가?

　　이모님이 과일을 씻으러 간 사이 병실로
들어갔다. 곧장 창가로 다가가 문을 열었다.
어스름이 내려앉은 시간. 들리는 거라곤
산비둘기가 빛을 먹어치우며 구구구구
우는 소리뿐이고, 누운 자리에선 하늘과 산
귀퉁이만 보이는 교외 요양원에서 아줌마는
무슨 생각을 하고 있을까? 떨리는 마음을
감추고 침대 머리맡으로 가서 몸을 기울여
인사했다.

　　"저 왔어요." 그러자 아줌마의 눈꺼풀이
부르르 떨렸다. "잘 지내셨죠?"

　　깜빡이는 눈. 나는 이불을 걷어 그의 손을
쥐었다. 돈을 번 손, 시를 쓴 손, 꽃을 가꾸던
손이 이젠 토막 난 것처럼 움직이지 않았다.
나는 한때 모녀의 보금자리였던 조그만
아파트를 떠올렸다. 소파 뒤편엔 이제껏
현주가 받은 상장이, 맞은편 티브이 선반 위엔

지방 문예지의 시상식 현수막을 배경으로 꽤 유명한 중견 시인과 현주, 꽃다발을 안고 있는 아줌마의 사진이 걸려 있었다. 거기서 열 걸음 떨어진 베란다엔 다육이 화분으로 이루어진 작은 정원이 있었고, 그 위의 열린 창으로 아줌마는 떨어졌다. 11층이었다. 그럼에도 4층 높이에서 떨어진 정도의 충격만 받았다는 것은 행운이었다. 죽지 않았다는 건 불행일까? 내게는 그래 보이지만 현주는 어떤지 알 수 없었다. 확실한 건 그 때문에 현주의 삶이 예상치 못한 방향으로 흘러갔다는 것뿐이다.

이모님은 물이 뚝뚝 떨어지는 사과 두 개를 손에 쥔 채 들어오자마자 창문부터 닫았다. "언니 감기 걸려. 그렇지? 춥지, 언니?" 당연히 대답은 돌아오지 않았지만 그래그래, 알았다며, 보채지 말라는 이모님을 보니 이전에 본 식사 장면이 떠올랐다. 조용히 입을 우물거리던 이모님이 갑자기 위잉, 소리를 내더니 주먹밥으로 공중 묘기를 부렸다.
비행기가 착륙한 것은 굳게 닫힌 아줌마의
입가로, 조종사가 만족스럽다는 듯 외쳤다.
냠냠짭짭. 아유. 맛있다. 맛있지? 응, 그렇게
맛있어? 그럼! 이거 다 내가 하지 누가 했겠어.
솜씨 좋지?

　　아줌마가 그것을 좋아할 리 없었다.
보통은 이런 똥구덩이에선 식욕이 돌지
않는다. 그러나 이모님은 태연한 얼굴로
과도를 들고 천천히, 붉은 껍질을 탈피시키듯
벗기며 아줌마에게 말을 걸었다. 그 모양새가
꼭 왕따 소녀의 잠긴 방문 앞에서 떠드는 눈치
없는 반장 같았다. 자기가 하는 게 대화가
아닌 침묵의 구덩이에 말을 던지는 행위라는
걸 모르는 척하는 태도랄까. 내가 포크를
매만지는 동안 이모님은 부지런히 수다를
떨면서도 혼자 사과 하나를 다 먹어치웠다.
그가 가느다란 트림을 뱉더니 끈적한

손가락을 쪽쪽 빨고는 주머니를 더듬었다.

"참, 보여줄 게 있는데." 이모님의 주머니에서 휴대폰이 나왔다. 화면을 몇 번 터치하자 익숙한 간주가 흘러나왔고 마유미가 트로트 경연 대회 결승곡을 따라 부르기 시작했다. 이건 대박이라고, 무조건 먹힌다는 현주의 말에 내키진 않지만 찍은 건데, 그 말대로 혼자 조회 수가 뽀족하게 튀어나온 탓에 나로서는 달갑지 않은 영상이었다. 이모님이 말했다.

"며칠 전에 이거 틀고 있었는데, 언니가 손가락을 움직이더라고."

"아, 정말요?"

"의사 선생님은 평소랑 똑같다고 했는데, 나는 분명 봤거든."

"그랬구나."

"응. 분명 딸의 목소리를 들은 게 반가워서 그런 걸 거야. 이게 언니가 좋아하는 노래라며?"

"네?"

"언니가 그러던걸. 자기가 좋아하는 노래라고. 이렇게."

이모님이 몸을 일으켰다. 두 팔로 상체를 지탱하고, 입을 맞출 듯 가까이 아줌마와 얼굴을 맞댔다.

"이렇게, 가까이서 눈을 보고 있으면 저기 깊은 곳에서부터 언니 목소리가 들려와. 영미야, 영미야. 우리 불쌍한 영미. 어쩌다 이런 고생을 한다니. 얘, 영미야 미안하다. 내가 이렇게 누워서 꼼짝을 못 하는 바람에 너한테 못 할 일이나 시키구. 참 부끄럽다. 얘, 영미야, 나 일어나면 우리 같이 꽃놀이라도 가자. 저기 진해나 팔공산 벚꽃축제를 가도 좋고 뒷산이라도 좋다. 같이 가서 꽃구경 실컷 하자. 고맙다. 너처럼 착한 애는 없을 거다. 정말 고맙다, 고마워⋯⋯. 그렇게."

후후. 이모님이 웃었다. "마유미, 참 예쁜

아가씨야. 어쩜 이렇게 경희 언니랑 똑같이
생겼다니? 언제 한번 얼굴 봤으면 좋겠는데,
시간 내기가 쉽지 않을 거야. 그렇지?"

"예, 뭐."

"그래도 가끔은 시간 좀 내줬으면 좋겠어.
언니가 많이 보고 싶어 하는데. 그렇지 언니?
많이 보고 싶지? 응? 뭐라고?"

어린 소녀들이 비밀을 나누는 모양새로
이모님이 아줌마의 입가에 뺨을 댔다. 그리고
한참을 다시 주절주절, 혼잣말도 대화도 아닌
걸 속삭이더니 얼굴을 붉히며 고개를 들었다.

"나 참, 알았어. 언닐 누가 말려.
고집부리는 거 보면 쇠심줄이 따로 없다니까.
그래, 알았어. 아무래도 작가 선생님이 잘
알겠지."

이모님의 입에서 나온 작가 선생님이라는
호칭이 나를 가리킨다는 걸 조금 늦게
깨달았다.

"뭔데요?"

"아니, 시를, 참. 언니가 시를 좋아하잖니? 그래서 매일 읽어주다 보니까 나도 할 수 있는 거 같은 기분이 드는 거야. 언니도 자꾸 써보라고, 망해봤자 종이 한 장 버리는 건데 그게 뭐가 무섭냐고 그러고. 그래서 얼마 전부터 틈날 때마다 적는데 그걸 읽어보라고 이렇게 성화를 하네."

듣고 보니 엉망진창으로 널린 서랍장 위에 납작한 책 몇 권이 놓여 있었다.《어디로 가는가》《내일도 찬란할 당신에게》《황홀한 것은 장미꽃이 아니요, 귀한 건 당신의 미소입니다》 등등 전부…… 이름도 들어보지 못한 시인의, 어디서 출간된 건지도 알 수 없는 시집으로 무섭게 손때가 타 있었다. 어떤 반응을 보여야 할지, 마음의 준비도 안 했는데 이모가 수첩을 꺼내 읽기 시작했다. 제목은 〈노란 꽃〉. 시의 화자는 절벽 위를 걷고

있다. 남들은 먼바다의 푸르름과 흰 바위의
웅장함만 보지만 화자는 절벽에 핀 노오란
작은 꽃과 마주친다. 어떤 비바람에도 굴하지
않고 바위 틈새에 뿌리 내린 꽃. 그 청초하고도
굳센 의지를 보고 살아갈 힘을 얻었다고,
노래를 마친 그가 나를 돌아봤다.

"언니가 이걸 제일 좋아해."

나는 웃었다. 말할 수 있을 것 같았다.
일을 그만둬달라고. 너무 지저분해서 견딜 수
없다고.

하지만 그게 오늘은 아니었다. 오늘 입을
뗀다면 엉뚱한 소릴 할 것 같았다. 아줌마는
트로트 따윈 귀가 따갑다고 경멸한다고. 그의
침실엔 직접 필사한 문정희의 〈꿈〉이 걸려
있고 책장엔 최승자와 브레히트가 꽂혀 있고
마유미는 절대, 절대 이곳에 찾아올 리 없다고.

결국 찾아온 목적을 이루지 못한 채
자리에서 일어났다. 마지막으로 돌아보았을 때

이모님은 두 번째 사과를 깎는 중이었다. 아이 맛있다. 아이, 맛있어. 아삭아삭. 소리를 내는 이모님의 입가로 사과가 부스러졌다. 조그만 침거품이 일었다.

돌아가는 지하철에서 생방송에 접속했다. 이어폰을 끼우는데 오늘의 피로 때문인지 손이 떨렸다. 아, 마유미. 지금 내겐 마유미가 간절하게 필요했다. 무슨 얘기를 하고 있으려나? 모래내해변에서 어린이들을 만난 얘기를, 그 애들이 가지고 놀던 흰 공이 하늘 높이 올라가 태양처럼 보였다는 이야기를 하고 있으려나? 기대감에 소리를 키웠는데 웬걸. 마유미는 현주가 만든 별 볼 일 없는 하룻밤 이야기를 늘어놓고 있었다. 웃통을 벗고, 흰 목장갑만을 끼고 있던 근육질 남자에게서 고기를 받아먹었다는 말을 들었을 땐 생방송이라는 사실을 잊고

전화를 걸 뻔했다. 지금 무슨 소리를 하는
거지? 마유미는 벗은 남자를 만나면 관찰하지
않는다고. 징그러워서 눈을 돌려 피한단
말이야.

기분이 불쾌해져서 화면을 껐다. 화면이
어두워지자 남은 것은 현주의 목소리뿐이라서
그가 이야기한다고 생각하니 아무렇지
않게 들을 수 있었다. 철제 손잡이에 머리를
기댔다. 눈을 감고 듣는 현주 목소리는 무척
좋아서, 마유미에게 목소리를 줄 수 있는 건
역시 현주밖에 없다는 걸 새삼 느꼈다. 나는
우리가 처음 만난 스무 살 때를 떠올렸다.
자기소개 시간에 현주는 아나운서가 되고
싶다고 했다. 높은 경쟁률을 뚫고 입학한 나는
들떠서, 스무 살은 꽃이 피는 시기라는 걸
믿을 정도로 순진해서 당연히 현주가 그렇게
될 줄 알았다. 그럴 만도 한 게 현주는 눈에
띄게 다재다능했다. 순발력이 좋아 게임에서

몇 번이나 우승했고, 단결과 협동심을
기른다는 명목으로 팔다리를 휘적일 뿐인
허접한 율동을 할 때도 새파란 단체 티를 입은
가운데 단연 독보적으로 빛났다. 아나테이너
하면 되겠다. 아나테이너? 엔터테인먼트형
아나운서 말야. 고마워. 너도 꼭 작가가 될
거야. 삼행시 게임 되게 잘하더라. 그냥 한
건데 뭘. 그런 얘기를 하며 돌아오는 고속버스
안에서 우리는 친구가 되었다. 전부 목소리와
얼굴을 나눌 수 없다는 거, 움직임과 몸통을
분리할 순 없다는 사실을 알기 전의 이야기다.

　　쫓겨나듯 내린 플랫폼에 사람은 없었다.
창백한 빛을 맞으며 계단을 오르는데 전화가
걸려왔다. 현주에게서였다. 오는 길에 맥주 좀
사다 줄 수 있느냐는 부탁에 알겠다고 하자
현주가 잠시 멈칫하더니 물었다.

　　"괜찮아?"

　　"뭐가?"

"아니. 좀 헉헉대길래."

"지금 언덕이라."

"그렇구나……. 생방 봤어?"

"끝에만."

"괜찮았어?"

"응. 근데 좀 다르게 했더라."

"아, 말하다 보니 반응이 좀 약하길래 애드리브 좀 넣었어."

부러 위악을 떠는 듯, 당연하다는 말투에 오히려 화가 가라앉았다.

"그러면 다음 것도 바꿔야 하는데. 모순이 생기잖아."

"미안."

내가 침착하게 굴자 현주는 안심했는지 덧붙였다.

"그래도 사람들 반응 좋지 않았어? 변화를 줘도 괜찮을 거 같아. 약간 이중적인 면을 넣는 거지. 지나치게 일관성이 있으면 사람들이

물린다고 해야 하나, 그렇잖아. 우리가 원하는 건 사람들을 미치게 하는 거지, 떠나게 하는 게 아니니까."

나는 가드레일이 설치된 언덕 중턱에 한 번 멈춰 서 숨을 골랐다. 발밑으로 마을이 한눈에 내려다보였는데 어디로 눈을 돌려도 수많은 빛으로 가득했다. 이걸 볼 때 현주는 안에 들어 있는 사람들을 생각할지 모르겠다. 불이 켜진 방 하나에 적어도 사람 하나. 그들을 전부 다 유혹해야 한다고, 구독자를 늘려야 한다고. 나는 말이지, 저것들이 작은 구슬 같다고 생각한다. 꿰고 엮어 빛의 화환을 만들어서 종일 빗긴 마유미의 머리카락 위에 얹어주고 싶다고 생각한다.

"뭐 괜찮은 소스 없나. 사람들이 좋아할 만한 거."

현주가 중얼중얼 이야기를 이었다. 적당히 대꾸하며 편의점 안으로 들어갔다. 맥주를

사고, 과자도 한 봉지 사고, 혹시 참고가 될까
싶어 수입 코너 구경을 하다가 마유미가
좋아할 거 같은 신상 초콜릿도 구입했다.
이름이 길고 복잡하고 그래서 우아해 보이는
피지 진저 앤 케리케리 만다린과 말버러
씨솔트 앤 캐러멜 사프란 다크맛으로. "나중에
협업 같은 거 해도…… 같은 버추얼끼리는
약점 잡힐 일도 없고……." 마유미는 하여간,
고전적 의미의 여자애다. 노래 가사처럼
설탕과 스파이스로 이루어진 여자애. 피는
녹인 초콜릿, 살은 마시멜로, 관절은 둥근
사탕으로 만들어진 여자애. 먼 옛날의
귀족처럼 같은 피로만 섞이고 섞여서 점점
순수해지는 여자애. "트로트 영상 또 찍어도
되고. 저번에 조회 수가……." 그렇게 단 걸
좋아하는데 살이 안 찐다는 것도 참 특이한
일이다. 하긴, 돼지처럼 욱여넣지 않지. 새처럼
우아하게 먹지. "아, 먹방 찍어도 좋겠다.

왜, 역 앞에 할매가래떡볶이 생겼잖아, 거기
마라떡볶이에 곱창이랑 치즈 추가해서……"
그렇다고 완전 새침만 떠는 것은 아닌 것이,
지난번에 레스토랑 갔을 땐 후식으로 레몬과
베르가모트 타르트가 나왔다. 다들 딱딱한
생지를 자르려고 달그락달그락 나이프를
접시에 부딪치고, 부스러기를 흘리며
허우적대는데 마유미 혼자서 와, 맛있겠다
하고 손으로 집어 덥석 물었다. 그걸 보고
사람들이 깜짝 놀라던 모습이란.

　　후후, 나도 모르게 웃었다. "뭐야, 듣고
있어?" 귓가에서 현주가 짜증을 냈고 동시에
있는 줄도 몰랐던, 앞서가던 여자와 눈이
마주쳤다. 굳은 안면 근육에서 눈동자만
나비를 좇듯 움직이다가 내 흔적기관 같은
가슴에 시선이 멈췄다. 그제야 나는 내가
숨을 헉헉대며 여자의 뒤를 쫓고 있다는 걸
깨달았다.

"응. 듣고 있어. 집에서 마저 얘기하자."

나는 부러 내가 낼 수 있는 가장 높은 목소리를 내어 답했다. 그리고 완전히 의심을 거두지 못한 여자의 눈동자가 내 뒤를 좇는 걸 느끼며 빠른 걸음으로 그를 앞질러 갔다.

현주는 내가 사 온 술을 보고 툴툴댔다. 엘더플라워? 스트로베리 앤 라임? 애플사이다는 맥주도 아닌 데다 이래서야 기껏 사 온 초밥과 어울리지도 않고, 아니, 애초에 술꾼이 단 거 좋아하는 거 봤냐고 불평을 내뱉었다. 짧은 투정을 마친 그가 광어 초밥을 하나 입에 넣고 물었다.

"그래서 아까 하던 얘기 말인데, 뭐 괜찮은 거 있어?"

"응. 스토커에 쫓기는 걸로 하자."

"스토커?"

"할 수 있어?"

"대본만 있으면야. 그런데 갑자기 웬
스토커?"

"그건……."

나는 방금 본 여자의 얼굴을 떠올렸다.
그 불쾌한 표정. 겁을 먹은 동시에
혐오스러워하는 표정이 1학년 때 과 대표를
닮아 있었다. 걔도 현주처럼 아나운서 준비를
했고, 진짜 되었다. 한번은 술자리에서
현주에게 뒤트임이랑 코끝 필터랑, 그리고
교정만 하라고, 그러면 턱은 안 쳐도 될
거라고 충고를 해주기도 했다. 고3 때 하지.
그때가 싼데. 그 자리에서 그는 자신에게
고백한 과 동기 얘기를 하면서 울기도 했다.
걔가 입학했을 때부터 지켜봤다고 그러는데
손이 벌벌 떨리더라니까. 거절했다가 무슨
해코지라도 당하면 어쩌지. 겁이 나가지고…….
과 대표가 눈꼬리를 내리고 강아지 같은
표정을 짓자 동기들이 분개했다.

동기 1: 개 같은 새끼.

동기 2: 맞아 맞아.

과 대표: 진짜, 마음에도 없는 애들이 괜히 착각해서 그러면 너무 골치 아파.

동기 3: (맥주잔을 내리친다) 지당한 말씀!

과 대표: 여기서 공감 못하는 사람 없을 거야. [동기들(코러스): 맞아 맞아!] 여자라면 다 겪어본 일이잖아. (갑자기 구석에 앉아 있던 나를 돌아보며) 그치? (마음의 소리: 너도 비록 생김은 그렇지만 삶은 돼지 내장 같은 성기가 달려 있으니 여자 맞지? 그런 너도 여자로 받아들이고 끼워주는 나는 관용의 천사, 여자 중의 여자고?)

동기들(코러스): 오, 당연하지! 모름지기 여자라면 그런 경험 한두 번은 있지.

스무 살의 나: (그런 일은 겪어보지도, 겪을 일도 없다는 걸 알지만 고개를 끄덕인다)

동기들(코러스): (술잔을 테이블 위로 쿵쿵대며) 원 오브 어스! 원 오브 어스!

'미래의 나' 무대 위로 등장한다.

미래의 나: 마유미는 과 대표도, 길에서 만난 여자 따위와도 비교할 수 없는, 여자 중의 여자인데. 그를 숭앙해서 미쳐버린 사람이 한둘쯤 있지 않을까?

"······여자라면 누구나 겪는 일이니까."

"흠." 현주가 생새우 초밥을 집었다.

"그래서 어떤 얘기인데? 범인은 누구고?"

기다렸다는 듯이 이야기가 줄줄 나왔다. 범인은 아주 능숙한 사람이다. 오래전부터 마유미를 좋아했지만, 그간 발톱을 숨기고 있었다. 그것이 드러난 계기는 현주, 아니, 마유미가 해변가에서 멋진 남자를 만난 이야기를 했기 때문이다. 사실 마유미는 전부터 그 남자의 존재를 알고 있었다. 그렇지만 시선이 느껴진다 정도의 애매한 느낌뿐이라서 이제껏 방송에서도 말하지 않았다. 마음 한구석으론 불안을 안고 있으면서. 사람들한테는 밝은 모습만 보여주었다. 그게 자기의 역할이라고 생각하니까. 사람들을 행복하게 해주는 거. 웃는 모습으로 힘을 주는 거 말야. 속에서 무언가 치솟았다. 불쌍한 마유미. 말도 못 하고 속을 끓이다니 바보다, 바보. 그 애를 사랑하는 사람이 얼마나 많은데. 그래서 말할 수 없다는 걸 아는데, 그래도 마유미는 바보다. 나에게만은 기대도 괜찮은데.

"나쁘진 않네."

현주가 고개를 끄덕였다. "교수한테는 살짝 젠틀맨 같다는 뉘앙스를 풍기고, 젠틀맨한테는 살짝 교수 같다는 뉘앙스를 풍기고. 그러면 되겠다." 현주가 광어 초밥을 하나 더 집었다. "그런데 결정적인 계기가 뭐야? 방송에서 말해야겠다고 마음먹은 계기. 방송 본 사람들이 신고할 정도는 아닌데

찜찜한 거. 증거라기엔 좀 가벼운 거. 그런 게
뭐가 있지?"

반사적으로 입이 열렸다.

"밥이야."

"밥?"

나는 지역 박물관에서 읽은 걸 얘기했다.
응랑에선 죽은 이를 밖으로 불러낼 적에
밥 세 덩이를 현관 앞에 두는 관습이 있다.
제사가 끝난 뒤에도 향을 끄는 것에 그치지
않고 제삿밥을 숟가락으로 뚝뚝 떠서 문밖에
놓는데, 그렇게 하지 않으면 조상신이 나갈
길을 찾아 헤매다 눌러앉아 악귀가 된다나.
문제는 산 사람의 영에도 그 주문이 통한다는
것이었다. 그래서 응랑 사람들은 저주하는
사람의 집 앞에 밥을 뭉쳐 두었다. 그것은 절대
주워 먹어서도, 밟아서도 안 되고 들짐승이나
날짐승이 먹어치우거나 저절로 사라질 때까지
두어야 했다. 함부로 건드렸다간 급살을 맞게

된다는 것이다. 그랬던 응랑도 이젠 제사를
지내지 않는 집이 태반이고, 아파트 복도에
밥 덩이가 있으면 관리 사무소에서 금방
쓸어내는 지금, 옛날 옛적 이야기는 미신에
지나지 않았다. 짚신 인형에 못이 박힌 걸
보면 기분은 나쁘지만, 그것과 몰락, 질병,
죽음 사이의 과학적인 상관관계는 발견할 수
없는 것과 같았다. 아무도 믿지 않는 저주는
힘이 약하다. 어차피 전부 옛얘기인 데다,
마유미에게 해가 될 것도 없고 그럭저럭
이야기로써도 재미있었다.

"그치?"

"그렇긴 한데……." 현주가 던진 질문이
의외로 정곡을 찔렀다. "우리 집 앞에 밥을
두고 간다, 그거지? 어떻게 알고 찾아온 건데?"

나는 손톱을 깨물었다. 만약 마유미가
버추얼계가 아닌 일상계였다면 쉬웠을 거다.
행동반경을 알기 쉬우니까. 꼭 특정되는

가게나 건물이 찍히지 않았더라도 사람을 찾는 건 어렵지 않았다. 한 스토커는 눈동자에 비친 가로등 번호를 보고 피해자의 집을 찾았다고 했으니 마음만 있으면 식은 죽 먹기였다. 나는 눈앞의 마유미, 아니 현주를 보았다. 부지런히 초밥을 집어삼키는 그에게서 마유미의 그림자를 찾을 순 없었다. 고민이 깊어졌다. 둘이 이렇게 딴판인데…… 우연히 거리에서 목소리를 들었다고 해야 하나? 아니면……. 내가 머리를 굴리는 사이 현주가 접시 위로 손을 뻗었다. 그가 이번에 잡은 것은 기름이 오른 통통하고 매끈한 연어 초밥이었다. 부드럽게 풀어지는 새콤한 밥알이 으깨지고 뭉개졌다. 손가락을 빠는 현주. 어린아이처럼 맨손으로 집어 먹는……

　　"네일을 보고 찾아온 거야."

　　"아." 현주가 손톱을 들여다보았다.

　　"확실히, 손은 내 손이지. 아직 기술이

거기까진 발달하지 못했으니까."

"응. 그리고 네가 한 모양이 무척 독특해서
알아낸 거야. 어차피 다들 마유미가 서울에
사는 것쯤은 알고 있잖아? 2호선 서쪽
라인이라는 것도. 가게 수가 많아봤자 백
개는 안 될 거고, 요즘 가게들은 다 인스타에
사진 올리니까 그걸 보고 찾았다고 하면 돼.
마유미는 너처럼 손에 반점이 있잖아. 그리고
웬 남자가 마유미 사진을 내밀면서 이분이
여기 단골 맞느냐고 묻는 걸 이상하게 여긴
주인이 마유미에게 알려준 거고. 어때?"

"그럴싸하네." 현주가 문어 초밥을
집었다. "그대로 결말 없이 흐지부지 끝내도
되겠다. 다음 이야기는 스스로 생각하게
하고. 사람들 되게 잔인하잖아. 겉으론 점잔
빼는 주제에 머릿속으론 별짓을 다 하니까
그냥 그러게 냅두자고. 아! 세트로 사면
이게 싫다니까." 현주가 미간을 찡그리며 내

접시에 달걀 초밥을 올렸다. "이건 너 줄게."
나는 노랗고 폭신폭신한 달걀 초밥을 입에
넣었다. 설탕을 듬뿍 넣어 달콤했다. 눈을 감고
그것이 마유미의 붉은 점막에 닿아 부드럽게
뭉개지는 것을 상상했다.

피곤했는지, 잠시 좀 눕겠다던 현주는
이도 닦지 않은 채 그대로 잠이 들었다. 깨울까
하다가 담요를 덮어주고 조명을 낮춘 뒤 일을
시작했다. 방송을 마친 현주가 올린 녹화본엔
벌써 댓글 몇 개가 달려 있었다. 그중 좋아요
개수가 가장 많은 두 개에 나도 좋아요를
눌렀고, 어떤 것엔 답글을 달았고, 이상한
것은 관리자 권한으로 삭제하고, 신고했다.
그런 다음 짬짬이 마유미의 지난 영상을 보고
웃다가, 남은 초밥을 먹다가, 현주와 나눈
이야기로 다음 대본을 작성하고 나니 시간은
어느덧 4시가 넘어 있었다. 몸이 찌뿌둥해

기지개를 켜고 자리에서 일어나 커피 한 잔을 내렸다. 무척 향기로워서, 누군가와 나누고 싶은 마음이 들어서, 나는 조심스레 마유미의 방문을 열었다. 텅 빈 공간이 나를 맞았다. 원래 이곳에서 생방송과 후작업을 했지만 얼마 전 큰비가 내렸을 때 물이 샌 김에 리모델링 공사를 하는 중이었다. 벽을 꾸미던 인형도, 팬이 보내준 것처럼 직접 만들어 붙인 플래카드도 사라지고 지금은 시멘트 벽에서 냉기가 뿜어져 나올 뿐이었지만 마유미를 느낄 수 있었다. 문밖에 서서 휴대폰을 부여잡은 채 숨을 졸이던 첫 방송의 순간, 구독자 백 명을 넘긴 날 케이크를 사서 초를 밝힌 일, 첫방 기념으로 키우기 시작한 화분이 꽃을 피우고, 씨를 떨구고 다시 거기서 꽃을 틔웠던 지난 1년. 눈을 감고 공기를 들이마셨다. 이곳 어딘가에 녹아 있던 그 애의 세포가 내 안으로 들어왔다. 나를 숨 쉬게 하는 마유미. 내가 기른 마유미. 나의 마유미.

어쩌면 이 방에 들어온 건 이걸 확인하기 위해서가 아닌가, 그런 생각을 하며 주머니에서 봉투를 꺼냈다. 종일 품고 다녀 체온에 데워진 것은 응랑에서 찍은 내 사진에 마유미 얼굴을 합성한 것이었다. 뭐라고 할 수 없는 감정이었다. 성화를 밟기 직전 신자의 심정이 이럴까? 떨리는 손으로 갱지 봉투를 열었다. 낮에도 확인했지만 사진 속엔 여전히 바다를 등지고 해안에 우뚝 선 마유미가 있었다. 물론 진짜 마유미만큼 아름답진 않았다. 키만 불쑥 크고 지나치게 큰 갈비뼈가 갑옷 같고 그러면서 가슴이 하나도 없이 앙상한 탓에 남자가 여자 옷을 걸친 것도 같았다. 그래도, 그래도 마유미의 얼굴을 하고 마유미와 같은 옷을 입고 있어서 조금은 아름다웠다. 전신을 감싸는 긴 기장에 목에는 스카프 대신에 두를 수 있는 긴 천이

붙어 있는 원피스. 소매에 푸른 장미가 새겨진 새틴 원피스를 나는 마유미에게 입히고 싶었다. 그래서 NFT를 구입했고, 0과 1의 씨실과 날실로 엮은 옷이 늘어선 옷장에 한 벌을 추가했다. 가격은 진품과 같아서, 그러고 나니 내가 살 수 있는 건 방글라데시 공장에서 여성과 아동을 착취해 만든 패스트패션 브랜드의 5만 원짜리 모조품뿐이었다. 당연히 아쉽진 않다. 응. 이런 식으로라도 같은 옷을 입을 수 있어 행복하다고 느끼며 나는 다시 사진을 손에 쥐고 눈을 감았다. 귀를 기울이자 멀리서 누군가의 목소리가 들렸다. 옛날 옛날 응랑이라는 바닷가 왕국에⋯⋯

마유미라는 여자애가 살았다. 아름다운 애너벨 리. 여름에는 꿀빛 피부에 젖은 모래를 밟고 다니고 겨울이면 분홍색 암석 같은 조그만 발뒤꿈치를 양모 양말에 숨기고 다니는 마유미. 몇 년 뒤면 자기 이름을 딴

괴담이 생긴다는 것도 모른 채 마유미는 벗은 몸으로 쏘다녔다. 여름에만 이곳을 방문하는 소년들과 함께. 산으로, 바다로, 자살바위 위로. 어린 신은 심술궂은 장난을 좋아했다. 살아 있는 사마귀를 소년에게 먹게 해 유치 사이로 형광색 진물이 죽 배어 나오게 했고 다음 날엔 주목나무 열매를, 다음 날은 개똥을 주둥이에 밀어 넣었다. 소년들은 전부 마유미의 종이 됐다. 해변에 핀 희고 조그만 갯개미자리를, 절벽에 핀 노란색 갯고들빼기와 그것을 꺾으면 나오는 뿌연 즙을, 더러운 휴지를 갖다 바쳤다. 어머니의 비취반지를 갖다 바쳤다. 붉은 심장과 가짜 루비를, 첫 키스를, 첫 주먹질을 갖다 바쳤다.

그러나 그 누구도,

마유미는 사랑하지 않는다. 다만 거기 있을 뿐이다. 나르시시스트 미소녀 마유미. 그는 자기 몸이 깃털 뭉치로 빚어졌다는 걸

안다. 약한 숨결에 사라질 거라는 걸, 몸을
만지면 신성 모독이라는 걸 안다. 이렇게……
손가락이…… 가슴을 타고 내려간다면……
불경한 일이 될 거라는 것을…… 안다.
밭은 숨이 나왔다. 발가락 근육이 안쪽으로
말렸다. 비가 그친 다음에 오르막길을 오르는
일, 아저씨의 등, 그 뜨겁게 김이 오르는
폴로셔츠에 코를 바짝 대고 출근 시간 2호선을
타는 일, 그가 내리고 나서 올라탄 사람에게서
풍기는 입 냄새, 설사가 쏟아질 거 같은
엉덩이에 힘을 주고 걷는 일, 오로지 그런
것에서만 실감을 느끼던 증오스러운 나의
몸을 마유미가 움직였다.

　나는 마유미의 일본인 팬이 남긴 댓글을
떠올렸다. 그는 우연히 알고리즘에 이끌려
이곳으로 왔다며, 어느 순간 매일 마유미만
기다리는 자신을 발견했다고 했다. 언젠가부터
일본어 댓글이 한국어로 바뀌었다. 귀여워요가

사랑해요로, 점점 길어지고 살이 붙었다.

최근엔 이런 댓글이 있었지. 마유미. 나는 지금 한국어를 배우고 있어요. 열심히 공부하고 있습니다. 조만간 한국에 가고 싶습니다. 그곳에서 당신을 만나고 싶습니다. 현주가 그걸 보고 물었다. 이 사람이 한국에 오면 누구랑 만나야 할 거 같아? 나? 아니면 너? 그때는 그냥 웃고 말았지만 지금은 대답할 수 있다. 그럴 리가 있겠어. 인천공항에 내려, 순진한 얼굴로 두리번거리며, 공항철도를 타고 홍대입구역의 에스컬레이터를 통해 지상으로 올라간 그가 식당에 들어가 2인분이요, 라고 주문을 하고 드디어 왔네, 라며 웃는 얼굴로 속삭이는 건 화면에 있는 마유미일 것이다. 그는 거기에 숟가락을 들이대고 같이 지도를 찾아보고 명동의 노점에서 열쇠고리를 사고 야간 개장한 경복궁의 어둠 속에서 조용히 입을 맞출 것이다. 당연하지 않아? 그만큼

마유미는 진짜다. 진짜라서 마유미를 찌르면
피가 철철 흐를 거다. 이 글을 읽는 사람들의
손이 젖을 거다. 그리고 그런 마유미를……
나는 지켜주고 싶다.

문을 연 채 변기에 쪼그려 앉았다. 오줌을
누는데 현관에서 발소리가 들렸다. 이 새벽에
택배인가. 맨발로 나가 문을 열었더니
발바닥이 밥을 밟은 듯 끈적했다.

들어보니 아무것도 없었다.

2

자살바위로 알려진 희구대가 실은
살인바위라는 주장이 실린 건 《The Big&Small
World Magazine》 제29권 제1호(통권120호)다.
1987년, 올림픽 준비 과정과 분단 상황을
취재하기 위해 서울과 파주, 강원도 일부
지역을 방문한 롭 슈머는 휴전선 근처

해안 지역의 호기로운 기상과 거친 자연에 매료되었다. 특히 그의 눈을 사로잡은 건 외조모의 고향 아일랜드 클레어 카운티의 모허 절벽을 조그맣게 떼어다 둔 듯한 해안 절벽으로 가이드는 그곳이 반도에서 손꼽히는 명경이고, 예전엔 사람들이 많이 죽어 자살바위라고 불렸다는 것을 알려주었다. 산세가 험하다지만 해발 300미터가 겨우 넘었다. 이른 아침에 출발하면 실컷 보고도 점심 전에 돌아올 수 있었다. 그러나 원주민 여성 가이드—한 사람에게 가이드가 둘이나 붙을 일이 없을뿐더러, 맥락상 당시만 해도 남아 있던 군부대를 상대하던 매춘부가 분명하다—가 그를 막았다. 슈머가 반복해서 '나는 자살하지 않아요. 그러할 생각도, 의지도 없습니다'라고 끈기 있게 말했지만 요지부동이었다. 무언가 수상해 이유를 물으니 절대 가지 않겠다는 다짐을 받은 가이드가

그제야 그곳은 자살바위가 아닌 살인바위라고
했다. 이름 없이 죽어간 사람이 한둘이 아닌데
쌓인 원한이 보통이겠느냐 이거다.

슈머는 겁을 먹는 대신 여행 잡지
편집부에 근무하던 친구에게 연락했다. 그는
동북아시아의 분단된 작은 나라, 그중에서도
휴전선 근처에 위치한 작은 어촌 마을에
전승되는 살인바위 이야기를 전했다. 때마침
아시아 붐이 일었겠다, 한 꼭지 내주지 못할
정도는 아니어서 편집장에게서 허락을
받아냈다. 상당한 열의를 갖고 있었는지
슈머는 예정보다 일주일 일찍 원고를
송고하며 기획을 시리즈화하고 싶다는
의사를 밝힌다. 그러나 이때 흔히 KAL기 폭파
사건이라 부르는 대한항공 858편 폭파 사건이
일어난다. 일본 여권을 갖고 있던 범인이 실은
북한의 첩보원이라는 것이 밝혀지자 한가하게
전설이나 세시풍속 따위를 취재할 시간은

없어지고, 제2의 라프카디오 헌이 되고 싶었던
슈머의 야심도 유야무야되었다. 훗날 슈머는
조현병이 발병하여 마흔넷이라는 이른 나이에
스스로 생을 마감한다.

슈머가 쓴 기사를 객관적으로 잘
썼다고는 할 수 없다. 충분히 시간을 들이지
않은 탓인지, 소통의 한계 때문인지 근거는
빈약하고 문장은 단순했다. 그럼에도 슈머의
기록은 당시 지역민들이 어떻게 희구대를
인식하고 있었는지 확인할 수 있는 단초가
된다는 점에서 귀중한 사료다. 그 일부를
옮기면 다음과 같다.

(…)

희구대의 세 번째 이름.

살인바위—있을 곳을 찾으려는 여자들의
분투

어느 시대나 그렇겠지만 편견으로 가득 찬 동양의 바닷가 마을에서 젊은 여자가 남편 없이 살아가기란 쉬운 일이 아니다. 특히 남성 대비 여성의 인구가 1 대 3인 응랑의 바닷가에서 남자란 껍질만 있어도 좋은 것이다. 나로선 이 억척스러운 아마조네스들의 조상이 남편을 필요로 했다는 것이 믿기진 않지만, 육로도 해로도 변변찮은 고립된 이곳에서 피를 이을 수 있는 씨앗은 무엇보다 중요했는지 모른다.

가이드 이영혜 씨(23)가 들려준 전설을 정리하면 다음과 같다.

혼자 사는 여인에게 마음에 드는 남자가 생긴다. 그가 총각이라면 별다른 문제가 없지만, 때론 결혼한 남자가 여인의 마음을 사로잡을 때가 있다. 이때 여인은 남자의 둘째 부인이 되거나 몰래 그를 유혹하지 않는다.

당당하게 그 집 대문으로 들어가서 이 집은
나의 집이고, 남편은 내 남편이라고 말한다.
그러면 원래의 집주인 여자는 그를 박대하지
않고 식사를 차려 먹인 뒤 신령님에게 물어
답을 찾자며 함께 희구대에 오른다. 그곳에서
두 사람은 담판을 짓는데,• 이긴 사람은 바다로
가고 진 사람은 돌아와 남자의 아내로 산다.••

특이한 것은 돌아온 사람이 누구든, 원래
그 집에 살던 여자의 이름을 쓴다는 것이다.
만일 새로 온 여인이 패배해도 사람들은
그를 선대의 이름으로 불렀다. 그리고 새로
집주인이 된 여자는, 선대가 어느 누구와 어떤

• 정확히 무슨 대결인지는 가이드도 알지 못했다. 아마
전승되는 와중 그 잔혹성 때문에 생략된 것이 아닌가 싶다.

•• 몇 번을 물었지만 가이드는 이긴 사람이 아닌 진 사람
이 마을로 돌아오는 것이 맞다고 했다. 그들은 아마 거친 바
다에서 한 남자의 아내로 사는 것보다 한순간 절경을 즐기
고 죽는 것이 낫다는 걸, 달리 말하면 생의 지난함을 파악했
는지 모른다.

불공정한 계약을 맺었든 그것에 객관적인
증거만 있다면 군말 없이 약속을 지켰다.
자식들도 그를—설령 자신보다 나이가
어려도—어머니로 대한다. 그러다 누군가
대문으로 들어와 이 집은 나의 것이고 남편은
나의 남편이라고 말하면 같은 일이 반복된다.
그것을 이상하다고 생각하는 마을 사람은
하나도 없다.

❖

　　요양원 별관 카페는 한적했다. 호두목으로
통일된 내부 인테리어는 묵직한 안정감을
주었고, 레이 찰스의 음악과 에어컨 바람이
기분 좋게 실내를 맴돌고 있었다. 그리고
그곳에서 유리창 하나로 구획된 야외
테이블은 따개비처럼 들러붙은 사람들로
붐볐다. 이상기후로 평년 기온을 훨씬 웃도는

날씨가 이어짐에도 해바라기를 하러 나온
사람들이었다. 피로와 기미로 뺨이 얼룩진
사람들. 자존심을 세울 때를 제외하고는
안쪽에서 커피 한잔 시키지 않는 사람들.
그들과 또래라고는 도무지 믿을 수 없는 송주
이모가 냅킨을 가늘게 찢었다. 팥죽색의 긴
손톱이 딱정벌레처럼 번뜩였다.

　"내가 안 그래도 걱정이 됐거든. 애라고,
뭐 모른다고 무시할 거 같아서. 근데 오늘 그
꼴을 보니까 말이 안 나오더라. 어디서 저렇게
지저분한 여자를……. 나 먹고사는 거 바쁘다고
너무 신경을 안 쓴 것 같아. 그래도 너 하는 거
보고 놀랐다? 생각보다 똑소리 나서. 하여튼
잘했어. 너, 착하다고 하는 말 욕인 거 알지?
영리하게 살아. 자기 잇속 챙기면서."

　그러더니 송주 이모는 냅킨을 들고
눈물을 찍기 시작했다. 어떻게 해야 할지 몰라
창밖을 보다가 가까이에 있는 조그만 연못과

그 주변을 뱅글뱅글 도는 사람들을 보고, 기분이 이상해졌다. 어쩌면 저들은 마법에 걸린 백조가 아닐까? 누군가 쐐기풀로 옷을 지어주지 않는 이상 아름다운 털을 가진 고귀한 생명체로 돌아가지 못하고 저렇게 우중충한 인간으로, 추하고 병들고 늙은 모습으로, 손톱에 똥이 낀 모습으로 살아가야 하는 거다. 기나긴 악몽에서 깨어나지 못한 채.

커피를 삼켰지만 나 역시 꿈의 일부인 것 같았다. 방금 전 병실에서 있었던 일, 아니 정확히는 내가 한 일이 실감 나지 않았다. 누군가의 생계를 끊은 일. 고래고래 소리를 지른 일. 내일부터 나오지 마시라고, 당신처럼 더러운 사람은 태어나서 처음 봤다고 나이 많은 여자에게 소리 지른 거. 그게 전부 내가 한 짓이 맞나? 아니야. 내가 한 것은 단 한마디였다. 트로트 경연 대회 우승자의 노래를, 병실이 떠나가라 시끄럽게 틀어놓은 이모님에게, 언니도 팬클럽이잖아, 내가 언니 것까지 문자 투표 했잖아. 그렇게 호호 웃는 이모님에게 아줌마는 그런 거 싫어하시는데요. 한마디 한 게 다. 그러니까 이모님이 기분 나쁜 표정을 지었고, 왜 그러는 거지? 저 썩은 표정. 돈 받는 내내 앉아 밥을 먹거나 졸거나, 하루에 두세 번 기저귀나 갈고 그마저도 제때 갈지 않아 살이 짓무르게, 욕창이 생기게 했으면서 왜 저런 표정을 짓지? 억척스러움에 어울리지 않는 꽃무늬, 시 따위를 몸에 두르고, 그러면 여기가 똥구덩이가 아니게 되는 것마냥 굴면서 왜 그러는 거지? 그런 생각이 들었고, 단지 생각만 했을 뿐인데 정신을 차리니 이모님은 병실을 나가고 없었다. 나는 아연했다. 목은 아픈데, 그건 확실하게 느껴지는데 무슨 일을 한 건지 전혀 와닿지 않았고……. 그때 누군가 내 팔을 움켜쥐고 달콤한 형벌이 늘어진 이곳으로 데려왔다.

도무지 다 삼킬 수 없을 거 같은 디저트의 산.

누워 있는 친구의 딸의 친구와 친구
어머니의 친구인 두 사람 사이에 공통점은
없었다. 그 둘 가운데에도 연못이 있어, 할 수
있는 건 주위를 뱅글뱅글 도는 것뿐이었다.
나는 은박지에 묻은 밤크림을 핥았다. 접시
위에 흩어진 제누아즈 부스러기를 손가락으로
찍어 먹었다. 그러면서 송주 이모가 입을
떼기만을 기다렸지만 그는 좀처럼 고개를 들
생각이 없어 보였고 언제쯤 일어나야 예의
없어 보이지 않을까 시간을 재는데 그제야
약간 코를 훌쩍이며 송주 이모가 새삼스레
안부를 물었다.

"잘 지내니?"

"예에. 이모는요?"

"나도 잘 지내지."

"……."

"……."

"⋯⋯현주도 잘 지내요."

"그래. 그건 알아."

만나진 않아도 연락은 하는구나, 싶어
고개를 끄덕이는데 이모가 가방 안을
더듬더니 휴대폰을 들었다. 약간의 조작 끝에
스피커에서 그놈의 결승곡 반주가 나왔고
진짜로 토가 나올 거 같아 입을 틀어막는데
목소리가 흘러나왔다. 내가 잘 아는, 우리가 잘
아는 마유미의 목소리였다.

"경희랑 닮았어."

"⋯⋯."

"이것 말야. 경희랑 똑같다고."

그가 휴대폰 사진첩을 열었다. 옛날
사진을 모아둔 폴더에 교복을 입은 학생 둘이
검은 바위 위에 앉아 찍은 사진이 있었다.
안경을 쓰고 활짝 웃고 있는 건 젊은 송주
이모고, 그 옆에 양 갈래로 땋은 머리를 하고
새침데기처럼 다문 입꼬리만 살짝 올리고

있는 얼굴은 마유미였다. 움직이지 않는,
아줌마의 처녀 시절 얼굴.

"경희가 탤런트가 되고 싶어 했던 건
아니?"

"……."

"이쁜 애였어. 몇 번 서울서 온 사람들한테
제의도 받았고. 촌구석에서 태어나지만
않았다면 뭐든 할 수 있었을 거야. 세상
밖으로 나가고 싶어 했는데. 애가 들어서는
바람에……."

이모는 그렇게 말하며 화면 속 여고생의
얼굴을 어루만졌다. 그 말을 듣고서야 어쩌면,
어쩌면 그가 친구의 인생을 갉아먹은 현주를
미워하고 있을지도 모른다는 걸 깨달았다.
휴대폰을 쥔 이모의 손끝이 희게 질렸다.

"이모!"

누군가 외치는 소리가 들렸다. 고개를
돌리자 잰걸음으로 다가오는 현주가 보였다.

"이모. 오랜만이에요."

송주 이모가 자리에서 일어나, 두 팔을 벌리는 현주에게로 몸을 돌렸다. 각도 때문인 척 은근히 밀어내는 걸 알아챈 건 나뿐만이 아니었기에, 현주의 얼굴에 작게 금이 갔다. 그러나 현주는 이따금 올라오는 악플에 대처하듯 아무것도 눈치채지 못한 척, 방긋방긋 웃으며 고향 어른들의 안부를 묻고, 은퇴 준비는 잘되어가는지 묻고, 애견 콩돌이는 건강한지 물었다. 모든 흐름이 매끄러워서 역시 아나운서를 준비했던 애는 다르구나, 감탄했다. 눈앞에서 몇 번 팡파르가 터졌다. 힘내요. 기운 내요. 그런 문장이 떠오르면서 금화 모양 캐시가 불꽃놀이의 잔해처럼 위에서 아래로 흘러내렸다. 현주에게도 그게 보였던 게 분명해서, 그는 이야기에 올라타서 지난 1년 반 동안 내가 드나들며 보았던 것을 이모에게 그대로

전달했다. 똥오줌보다 지독한 죽음의 냄새가 얼마나 견디기 힘든지, 게으르고 손끝이 무딘 요양보호사를 대할 때면 얼마나 속이 터질 것 같던지, 그의 어정거리는 걸음만 봐도 답답했고 선물받은 과일을 숨겨두곤 잊어서 한참 뒤, 썩은 걸 꺼내 버렸을 때는 더 이상 안 되겠다고 생각했다며, 그런데 차마 자르겠다는 말을 꺼내지 못해 미루고 미루다가 오늘까지 왔다며 마치 겪은 것처럼 얘기했다. 저런 너무 안됐네요. 뭐 그런 사람이 다 있대. 그런 댓글이 올라오길 기다리듯 미간을 잔뜩 찌푸렸다.

그러나 이모 얼굴에 떠오른 건 현주에 대한 연민이 아니었다. 그는 어딘가 알 수 없는 표정으로 자기 휴대폰을 들었다.

"이걸 계속해야겠니?"

자동 재생되고 있던 화면 속에 있는 건 여전히 마유미였다. 그는 내가 무척 좋아하는,

허리를 강조하는 플리츠 디테일이 여성스러운 원피스를 입고 서촌에 전시를 보러 갔던 이야기를 하고 있었다.

"이모."

예상한 듯 현주가 자연스러운 미소를 띠며 말했다.

"이거 괜찮아요. 무슨 이상한 일 하는 것도 아니고요. 사람들이랑 얘기하다가 가끔 노래 부르고, 그게 다예요. 옛날식으로 말하면 탤런트 같은 거예요."

"그게 아닌 거 알잖아." 이모가 한숨을 쉬었다. "보기 어렵다. 현주야. 이런 일 하는 거, 아무리 생각해도 경희가 좋아할 것 같지 않아. 좀 모욕적이라는 생각 안 드니?"

뭐가 모욕적인 거지? 아줌마는 마유미가 아닌데. 이해가 안 돼 입만 다물고 있는데 현주가 방긋 웃는 얼굴로 물었다.

"이모. 엄마 친척 어른 중에 명호 삼촌

기억해요? 부산에서 무역상 하시던."

송주 이모가 눈을 크게 떴다. "네가 삼촌을 알아? 너 태어나기 전에 돌아가셨는데."

"엄마한테 많이 들었거든요. 그분이 집에 놀러 올 때마다 그렇게 외국 거를 사다 주셨다면서요."

"그래, 그랬지."

현주가 꿈에 젖은 듯 촉촉한 목소리로 말했다.

"할머니한테는 내셔널의 하늘색 전기스토브나 빨간색 코끼리밥솥을 주고, 할아버지한텐 대모갑 안경테나 시가를 선물하고, 엄마 몫으로는 벽에 걸 수 있는 커다란 세계 지도를 사주고, 무릎에 앉히고 몇 시간이나 이야기를 들려주고⋯⋯. 엄만 그게 너무 좋고, 또 당연한 일이라 자라면 자기도 코스모폴리탄이 될 줄 알았대요. 종일 사람 구경만 해도 심심치 않다는 신주쿠 마루이

백화점 앞을 얼쩡대거나 상하이의 조그만
찻집에서 끽연가들 사이에 끼어 마작을 치고,
톈진 길거리에서 마화를 먹고, 몽골 사막의
밤에 쏟아지는 별들을 보며 오들오들 떨고
그럴 줄 알았대요."

현주가 한 박자 쉬고 뱉었다. "근데 이모
지금 엄마요, 누워 있잖아요."

"……."

"그래서 제가 이거 하는 거예요. 이거는요,
국경을 넘는 것보다 더 대단한 일이에요. 이
화면 속이랑, 여기를 오고 가는 일이에요.
사람들이요, 전 세계에서 이걸 봐요. 움직이는
엄마를 본단 말이에요. 이 안에서 엄마는 누워
있는 사람이 아녜요. 영원히 젊은 처녀애고,
뭐든 할 수 있고……."

"아니야."

누군가 현주의 말을 끊었다. 이상한
목소리. 잠시 뒤 나는 그게 나의 것이라는

걸, 내가 자리에서 일어나 두 발로 서 있다는 걸 발견했다. 쇠가 긁히는 것처럼 끽끽대는 소리가 났다. 아마 반쯤 유체이탈을 한 게 분명하다. 내 입으로 말하면서도 나는 목소리의 주인이 너무 떨고 있어서 그가 곧 쓰러질 거라고 생각했다. 저기, 침착해. 말을 걸었지만 소용이 없었다. 지나치게 떨고 있어 불쌍해해야 하는 건지 무서워해야 하는 건지 알 수 없는 목소리가 한 번 더 말했다.

"마유미는 아줌마가 아니야. 마유미는……."

마유미는…… 뭔데? 마유미는 뭐냐고. 긴장한 상태로 다음 말을 기다렸는데 목소리는 말을 하지 않았다. 한참이 지나도 답이 없어서 귀를 기울이다가 나는 조용한 건 나뿐만 아니라 카페 전체라는 걸 깨달았다. 모두의 시선이 나를 향해 있는 거, 내 머리카락이 축축하게 젖었다는 거, 그건 이모님이 내게 물을 끼얹었기 때문이라는

것은 조금 더 늦게 알았다. 송주 이모가 돌처럼
굳었다. 놀란 현주가 입을 틀어막았다. 나는
숨을 몰아쉬는 이모님과 눈을 맞췄다. 그의
눈동자에 비친 젖은 머리의 괴상한 여자를
보느라 누군가가 카메라로 그 장면을 찍고
있다는 걸 끝까지 알아채지 못했다.

❖

이모님은 입을 열지 않았다. 짧은 시간,
우리가 나눈 건 눈의 대화뿐이었다. 그걸로
충분하다고 느꼈는지 그는 그대로 자리를
떠났다. 몇 번 그날의 일을 곱씹었다. 이모님이
아줌마와 했던 것처럼 거울에 이마를 붙이고
내 눈을 보았다. 그리고 그 속에 반사되었을
이모님의 얼굴을 생각했다. 그는 내게 무얼
말하고 싶었던 걸까? 왜 자기에게 모욕을
주었냐고 화를 내고 싶었던 걸까? 할 만큼

했다고 주장하고 싶었던 걸까? 이제껏 더러운 일엔 손 하나 까딱 안 한 주제에, 돈만 내면 다냐고 묻고 싶었던 걸까? 실은 자기가, 아줌마를 가장 아끼고 사랑했다고 말하고 싶었던 걸까? 진짜 가족처럼? 그들이 학대와 사랑을 오가듯이, 누구보다 환자의 죽음과 장수를 기원하듯이, 자신 역시 무책임과 게으름과 애정을 오갔다고?

어쩌면 이모님도 자기가 무얼 말하고 싶은지 모를지도 모른다. 그런 것은 의외로 어려우니까. 그 일을 통해 내가 확실하게 안 것도 요양보호사 파견 업체의 전화 업무 담당자가 내게 사과하고 싶어 하지 않는다는 것뿐이었다. 당연하지. 그 일은 그의 잘못이 아니다. 그 사실을 그도 알고 나도 알았기에 침묵했다. 상대방이 죄송합니다, 정말 죄송합니다, 앞으로 이런 일이 없게 주의하겠습니다, 라는 말을 의미가 사라지고 무의미해질 때까지 반복하도록 내버려두었다.

　　문제는 그다음에 일어난 두 가지
일이었다. 하나는 내가 물을 맞는 장면을
누군가 찍어 커뮤니티 사이트에 올린
것이었다. 그 자체로는 있을 법한 일이었으나
'버추얼 아이돌의 실체'라는 제목이 문제였다.
내가 게시글을 발견한 건 업로드가 된
직후였다. (나는 마유미에 관한 단어가 올라오면
알람이 울리도록 설정해두었다.) 내가 개인정보
침해로 신고 버튼을 누르기 전에 게시글은
삭제되었으므로, 사실상 게시물이 존재했던
건 5분 정도에 불과하다. 글을 본 사람은
150명을 넘지 않았고, 올라온 시간도 늦은
밤이었지만 사진은 순식간에 일파만파 퍼졌다.
현주와 송주 이모의 얼굴은 제대로 모자이크
처리가 되어 있었다. 그런 반면 멍청히 입을
벌린 나의 얼굴은 잔혹할 정도로 선명한
데다 마유미의 사진과 나란히 있어 개그맨과

아이돌 가수의 얼굴을 비교하는 원시적인
예능 프로를 떠올리게 했다. 현주는 꽤 충격을
받은 듯했다. 그는 평소보다 조심히 걷고,
숨도 조심히 쉬며 내 눈치를 살폈다. 그러나
내겐 거기 찍힌 것이 나라는 실감이 없었다.
그보다는 다른 사람의 카메라에 내가 찍힐
수 있는 존재라는 거 자체가 믿기지 않았다.
내가 궁금한 건 단 하나, 어째서 사진 찍은
사람이 나를 마유미라고 생각했는지뿐이었다.
왜 현주가 아니었을까? 물을 맞은 게 나라서?
이모님이 그렇게 소리라도 질렀나? 아니면
사람들이 댓글에 쓴 것처럼, 여자애의 껍질을
뒤집어쓰고 여자 같은 짓을 하고 싶은 것은
남자—그렇게 보이는 나—뿐이기에 그런가?

　　나는 현재 인터넷에서 유통되고 있는
사진의 주인은 마유미가 아니라 채널
관리자라는 해명문을 올렸다. 말미에 심려를
끼쳐 유감입니다, 라는 표현을 썼다가 제대로

사과하지 않았다는 반발에 죄송합니다,
라고 고쳤다. 그랬더니 진정성이 느껴지지
않는다는 피드백이 돌아와서 같은 내용을
손으로 써서 올리자 이번에는 단순히 내용을
베끼는 건 원숭이도 하겠다는 비아냥이
들어왔고, 요구에 맞춰 새로운 반성문을
썼지만 그럼에도 148명이 구독을 취소했다.
적은 숫자지만 우리처럼 구독자가 적은
채널에는 치명적이었다. 나는 한 시간에도
몇 번씩 화면을 새로 고침 했다. 늘어나는 건
마지막으로 업로드한 영상에 달린 댓글뿐으로
전부 악플이었다. 우리 채널 시청자는
연령대가 높기 때문에 고루하다고 해야
하나, 링 위에 올라선 게 아니라 잘 보존된
언어의 박물관을 둘러보는 느낌의 문장이
많았음에도 마음이 아팠다. 특히 실망했다,
기만했다 따위의 댓글을 읽으면서는 상당히
고통스러웠다. 이 사람들은 어째서 알지

못하는 걸까. 마유미는, 설령 그 팔다리를 움직이는 건 현주고, 말을 쓰는 건 나고, 눈 코 입은 아줌마에게서 떼 왔더라도 그것과는 별개라는 걸, 마유미는 정말로 있다는 걸, 어째서 알아주지 않는 걸까?

두 번째 사건은 사진 유출 사건과 연달아 일어났다. 모르는 번호로 메시지가 왔다. 제목은 '마유미'. 내용은 없고 링크만 있었다. 개인 번호까지 유출된 걸까. 무시하려고 했는데, URL의 시작이 어딘지 익숙했다. 클릭하자 우리가 이용하는 동영상 사이트의 생방송 중인 방으로 접속이 되었다. 동영상 제목 역시 '마유미'. 그러나 그 안에서 움직이는 건 열여덟의 처녀가 아닌 쉰셋의 마유미였다. 초보자의 솜씨인지 데스마스크를 움직이듯 근육이 뻣뻣했고, 얼굴 윤곽과 연결된 선이 자주 무너졌지만 그 얼굴의 주인이 아줌마, 현주의 어머니라는 건 충분히

알 수 있었다. 불쾌한 골짜기에 빠진 얼굴을
보고 싶은 사람이 없는 건 당연해서, 시청자는
나뿐이었다. 그는 채팅 창에 내가 접속했다는
문장이 뜨든 말든 신경 쓰지 않고 하던 일을
계속했다. 배경은 낡은 방이었다. 누렇게
바랜 벽지가 성능이 나쁜 카메라로도 확연히
보였다. 그 안에서 늙은 마유미는 꽃을 돌보고,
앉아서 천천히 시를 읽기도 했다. 전에 한번
본 적이 있는 《내일도 찬란할 당신에게》라는
시집이었다. 도대체 무슨 짓을 하는 거지?
차마 화면을 끄지도, 방을 나가지도 못한 채
낭독을 듣는데 갑자기 여자가 카메라 가까이
다가왔다. 흠칫 놀라 몸을 뒤로 뺐다. 날 보는
건가? 아니다. 그럴 리 없다. 그가 보는 건 자기
자신이었다. 그는 손을 뻗어 화면을 더듬더니
자기에게는 자기와 똑 닮은 딸이 있다고
중얼거리기 시작했다. 언젠가 약속했어,
딸이랑 같이 꽃구경을 가자고. 노트북을

닫는데 심장이 벌렁거렸다. 그리고 다음 날, 같은 시간에 다시 모르는 번호에게서 링크가 도착해서 열어보니 다시 구독자 0명의, 이제 막 개설된 채널에서 어제의 늙은 마유미가 꽃을 가꾸고 있었다. 다음 날도, 그다음 날에도 마찬가지였다.

그러한 두 가지 사건으로 마유미는 잠시 쉬게 되었다.

현주와 나는 좁은 방에서 거의 나가지 않았다. 서로를 등지고 있는 듯 없는 듯 누워 있었다. 잠을 많이 잤고 밥은 거의 먹지 않았고 가끔 자정에 가까운 시간이 되어서야 산책을 나갔다. 약간의 거리를 둔 채, 사람이 없는 길이 푸르게 변할 때까지 걷다 보면 우리가 아이를 잃은 부모 같았다. 마유미가 너무 커서 그를 제외하곤 우리 사이에 할 말이 없었다.

예고한 방송 재개를 일주일 앞둔 날. 집이 아닌 근처 카페에서 약속을 잡았다. 같은

집에서 씻고 나와 같은 길을 걸어 함께 카페에
도착하는 모양새가 우스웠지만, 그래도 뭔가,
오랜만에 외출한 탓인지 조금은 들뜨기도
했다. 나는 노트북을 열었다. 오랜만에 방송을
할 생각에 떨리는 건 현주도 마찬가지인
듯했다. 나는 딱딱하게 굳은 그의 얼굴을
풀어주기 위해 농담을 던지려다가 도무지
생각나는 말이 없어 곧장 본론으로 들어갔다.

　"너무 걱정하지 마. 대본은 다 준비되어
있으니까. 전에 했던 스토커 얘기 있잖아?
그걸로 가려고."

　그러자 현주가 고개를 저었다.

　"그만두자."

　"응?"

　"그런 건 우습게만 보일 거야. 이미
마유미가 버추얼이고, 그 안에 있는 건 우리
같은 애들이란 게 알려졌잖아. 올라오는
댓글도 뻔하기만 할 거야. 한심하다, 쥐도 안

먹을 것들이 뭐 이런 거겠지."

생각지 못한 반응이었다. 그러나 여기서 강하게 나가면 현주는 금방 자리를 박차고 일어날 것이다. 조금은 화가 났지만 달래는 투로 현주에게 물었다.

"그러면 넌 뭘 하고 싶은데?"

"응랑에 가자."

"......"

"거기서 영상을 찍어서 올리자. 첫 로케이션 출장이야. 스튜디오가 아니라."

"거긴 이미 마유미가 간 데잖아. 얼마 전에 간 데를 왜 또 가자는 거야?"

현주가 침을 삼켰다. "마지막 방송 때 말야, 해변가 펜션에 묵은 얘기를 했지?"

"응."

"거기서 운명의 짝을 만난 얘기를 했어. 비록 다른 사람의 연인이지만 그와 마유미는 한눈에 서로를 알아보았다고 했지. 우연히 둘만 남은 기회에 얘기를 나누다가 그는 마유미의 첫사랑을, 마유미는 그의 첫사랑을 닮았다는 걸 알게 되었고 말야."

"응."

"참 신기하다고 얘기를 하다가 첫사랑을 닮은 남자애가 첫사랑이 맞았다는 걸 알게 되었어. 알고 보니 개명을 한 거야. 마유미는 낯선 사람들 앞에서 이름을 말하기 싫어서 가짜 이름을 말했기 때문에, 그 애가 몰라본 거고."

"응."

"하지만 그 애에겐 이미 장래를 약속한 연인이 있었어."

"응."

"다 거짓말이었어."

"……"

"이야기를 하자는 게 아냐. 이번엔 진짜로 가고 싶어. 진짜로 가서, 진짜 내가 있다는 걸 보여주고 싶어."

현주가 무슨 소리를 하는 건지 잘
이해되지 않았다. 현주는 현주고, 마유미는
마유미인데? 둘은 다른데 진짜 나를
보이겠다니 그게 무슨 소리인가? 진짜
마유미는 화면 속에 있는데? 내가 마유미가
아니듯, 현주는 한 번도 마유미였던 적이
없는데?

나는 최대한 친구의 감정이 상하지 않게
부드러운 톤으로 말했다.

"무슨 말 하는지 잘 모르겠어. 그러니까,
마유미가 아니라 네 개인 방송을 하고
싶다는 거야? 약간 다큐멘터리, 아니,
브이로그풍으로? 그 대본을 나보고 쓰라는
거야?"

현주가 고개를 저었다. "아니야. 마유미의
방송을 하는 거야. 근데 껍질을 벗은 진짜
마유미를 보여주는 거야. 꾸미지 않은

마유미. 처녀자리에 A형, 달콤한 걸 좋아하고, 수줍음을 많이 타지만 의외로 덤벙대고, 가끔은 짓궂을 때도 있지만 본성은 착한 아이. 잘 때는 반드시 아버지가 파리 출장에서 사 오신 홈웨어를 입는 영원한 처녀애 따위가 아니고 진정한 나 말이야."

그가 휴대폰 메신저 창을 켰다. 그것은 교수, 젠틀맨, 그리고 몇몇 사람들과 몰래 주고받은 메시지였다. 거기서 현주는 자신의 얼굴을 내보이고 있었다. 흔한 젊은 여자애처럼 시시덕대며 점심으로 먹은 냉면, 보도블록 위에 누워 있는 길고양이, 고층 건물에 걸린 뭉게구름 같은 쓸데없는 사진을 잔뜩 보내고 있었다. 그들은 그런 현주에게 캐시 대신 구애하는 문장을 쏟아부었고 나는 그중 하나를 읽었다. 전에 댓글을 남긴 일본인이 쓴 메시지였다. 그는 약간은 어색한 문어체의 한국어로 내달 보름 일정으로 비행기표를 끊었다는 사실을 전했다. 마유미. 나는 당신을 만나는 것을 오래 기다렸어요. 당신은 아름다워요. 우리의 만남은 둘도 없는 만남입니다. 그것을 받을 수 있어 무척 기뻐요…….

현주가 누구와 어떤 추잡스러운 메시지를 주고받든 그런 것은 상관없었다. 내 눈에 들어온 건 오로지 그들이 현주를 부르는 호칭이었다. 그들은 전부 현주를 마유미라고 부르고 있었다.

"이 사람들이 나한테 용기를 줬어. 진짜 나라도 괜찮다고. 굳이 얼굴을 숨기지 않아도 된다고."

입을 다물고 있는 내게 현주가 물었다.

"내키지 않아?"

나는 침을 삼켰다.

삼키고, 고개를 저었다. "네가 가고 싶다면 가야지."

안심했다는 듯 현주가 웃었다. 그가
자리에서 벌떡 일어나더니 카운터로 향했다.
잠시 뒤 돌아온 그의 손에 들린 건 뜨끈한
접시에 올려진 와플이었다. 구운 빵 위로
아이스크림과 시럽이 줄줄 흘러내리고 있었다.
현주가 친절한 언니처럼 한 입 크기로 썬 다음
내게 포크를 쥐여주며 말했다.

"고마워. 간 김에 희구대도 가자.
막아뒀느니 어쩌니 해도 분명 샛길이 있을걸?
기대된다. 백 대 절경이라잖아. 거긴 좀 더
추우니까, 벌써 단풍이 들었을지도 모르겠다."

9월의 아침은 쌀쌀했다. 비가 오고 며칠
사이에 기온이 뚝 떨어져 창을 열고 있으면
금방 코끝이 시렸다. 그래도 뭉게구름은
예쁘고, 공기가 맑았다. 현주와 나는 등산복을
챙겨 입고 기차에 올랐다. 평일인데도 의외로
등산객들이 많았지만 응랑까지 도착한

것은 우리 둘과 주민으로 보이는 중년의
딸과 노년의 부인뿐이었다. 시간은 정오를
넘기고 있었다. 절경이라고 소문난 해 질
녘에 도착하려면 아직 여유로웠다. 우리는
지난번에 들렀던 식당에서 동태탕을 먹고,
민박 주인에게 부탁해 짐부터 끌렀다. 희구대
출입은 법적으로 금지되어 있으니 찍지 않을
예정이었다. 촬영은 내일 아침, 현주가 잠에서
깨는 순간부터 시작하기로 했다. 곰팡내가
나는 좁은 방을 둘러보며 현주가 웃었다.

"마유미는 이런 데에서 안 묵을 거야.
그치?"

"……."

"여기서부터 시작하는 거야. 내 얘기도, 네
얘기도."

필요한 짐만 간단히 싸서 역 근처로
돌아갔다. 광장에 있는 슈퍼에서 빵과 물,
초콜릿을 산 뒤 시계탑 앞에서 택시를

잡아탔다. 복장도 그렇고, 희구대에 가냐고 물으면 어쩌지 걱정되었는데 우리 같은 사람이 적지 않은지 기사는 아무 말 없었다. 옛 삼성산 입구 자리에서 값을 치르고 내렸다. 5분 정도 산 방향으로 걷자 한때 주차장으로 사용했던 버려진 공터가 나왔다. 찐 옥수수, 감자, 고구마 팝니다. 얼음물, 아이스커피 팝니다, 라고 적힌 낡은 현수막이 그대로 방치된 옆을 지나 다시 5분 정도 더 걷자 입구의 돌계단이 보였다. 공식적인 등산로는 폐쇄된 채였다. 그러나 당분간 출입을 금한다는 패널과 빙빙 쳐진 출입 금지 끈이 우습기라도 하듯 사람의 흔적이 눈에 띄었다. 바로 옆엔 그리 오래되지 않아 보이는 빵 봉지가 버려져 있었고, 조금 떨어진 나뭇가지엔 산악회 리본이 달려 있었다. 우리는 그걸 따라 안쪽으로 들어갔다. 공기가 맑은 만큼 차가웠다. 묵직한 구름이 머리 위에 드리워, 안 그래도 갑자기 떨어진 기온에 쌀쌀해진 우리의 몸을 떨게 만들었다. 제대로 준비를 하고 왔음에도 초행길에다가 금지된 길을 걷는 데서 오는 긴장감까지 더해져 얼마 오르지 않아 지쳤다. 무릎이 뻣뻣했다. 자주 쉬면 더 힘들다는 걸 알면서도 몇 번씩 번갈아 가며 숨을 돌릴 수밖에 없었다. 그리고 우리가 무릎을 짚고 땅만 바라보던 순간에도 구름은 착실히 몰려와 중턱쯤 도착하자 빗방울이 떨어지기 시작했다. 비옷 안쪽에서 뜨거운 김이 솟구쳤다. 숨이 차서 단추를 열고 빗물로 얼굴을 씻었다. 들끓는 가래침을 몇 번이나 뱉었다. 그렇게 걸었다. 정신없이 눈앞에 보이는 돌만 하나하나 밟으며 기계처럼 두 다리만 움직이는데 어느 순간 커다란 소나무가 나타났고, 그걸 끼고 돌자 흰모래가 미끄러지는 완만한 오르막이 나왔다. 순식간에 시야가 트였다. 바다. 그것이 우리 앞에 펼쳐져

있었다. 언제부터인가 그친 비 대신 바람이
불며 나뭇가지에 매달려 있던 물방울들을
축포처럼 머리 위로 흩뿌렸다.

"끝내준다."

현주가 중얼거렸다. 나는 대꾸 없이 먼
곳에서부터 첩첩이 쌓인 검고 흰 구름을
보았다. 발톱으로 할퀴듯, 날카롭게 휘어진
거대한 적란운이 수면 가까이에 뜬 조그만
흰 구름을 뒤쫓고 있었다. 문득 이런 의문이
들었다. 똑같은 날씨는 존재하지 않는다. 옛날
사람들은 이 풍경을 보지 않았다. 그런데도
그들은 어떻게 이곳이 절경이라는 걸
알았을까.

절벽 끄트머리, 아슬아슬한 곳에 자리한
벤치에 앉아 숨을 돌렸다. 쉬면서 틈틈이
들이마신 물은 반병 정도밖에 남지 않았다.
점심이 좀 짰나 봐. 현주가 민망한 듯 웃었다.
그의 물병은 이미 산 중턱에서 비어 있었다.

하산용으로 한 병 더 사두길 잘했다고
생각하며 내 것을 나눠 마셨다. 빵은 나만
반 개를 먹었고, 판 초콜릿은 부숴 한 입씩
먹었다. 더 먹으라고 권했지만 현주는 고개를
저었다. 기운이 달릴 수도 있으니 먹어두라고
했는데도, 입이 달아서 싫다고 했다. 먹어서
열을 내야 할 만큼의 추위두 아니라서 그냥
두었다. 현주는 깊은 바다로 해가 풍덩
들어가는 걸 보고 싶었는데, 생각해보니
이쪽은 동쪽이라 불가능하네, 라며 웃었다.
대신 우리는 분홍색의, 조금은 차가운 빛이
내려앉는 광경을 마음껏 보았고, 있는지
몰랐던 달의 모서리가 점점 짙어지는 것을,
서로의 얼굴이 점점 어둠 속에 잡아먹히는
것을 보았다. 나는 그 시간이 내가 기다리던
시간이라는 걸, 그렇게 형체만 남은 시간을
개와 늑대의 시간이라고 부른다는 걸 알았다.

　현주가 입을 뗐다.

"엄마랑 왜 싸웠는지 말 안 했지?"

"……."

"알아버렸거든. 엄마가 유부남이랑 바람피운다는 거. 그렇게 아빠를 죽일 새끼라고 했으면서, 자기가 불륜녀 처지가 된 거 보니까 어이가 없더라고. 그게 살인보다도, 강도보다도 잔인한 일이란 걸 자기 인생이랑 내 인생을 망쳐가며 알려줬으면서 본인이 그런 길을 갔다는 게 믿기지 않았어. 그래서 엄마랑 연락을 끊은 거야."

현주가 픽 웃었다. 대꾸도 하지 않았는데 주절주절 떠들기 시작했다.

"그날 엄마가 시인네 집에 있었던 거 알아?"

"……."

"떨어진 거. 우리 집 아니라 시인네 집이라고. 시 창작 교실 선생 말이야. 병원에서 그랬잖아. 4층에서 떨어진 정도의 충격이라고.

운이 좋았다고. 근데 운이 좋았던 게 아니라
엄마는 진짜 4층에 있었어. 그 집은, 그
사람이 낙향해서 왔을 때 엄마가 소개해준
물건이지. 우리 집이랑 구조가 똑같고 층수만
다른 집. 거기서 무얼 하려고 했는지는 몰라.
내가 아는 건 그 사람이 엄마를 두고 또 다른
여자와 바람을 피우고 있었고 그 문제로 둘이
다퉜다는 것뿐이야. 처도 아니면서 처 노릇
하지 말라는 말에 엄마는 단단히 화가 났어.
그래서 그 집에 들어가서 뛰어내린 거야.
마음 같아선 그 사람을 잡아 족치고 싶었어.
감옥에 집어 처넣고 싶었지. 그런데 그럴
수 없었어. 그때 그 사람은 10킬로미터는
더 떨어진 문화센터에서 강의를 하는
중이었거든. 무엇보다 엄마가 그 남자랑 불륜
관계라는 걸 말하고 싶지 않았어. 엄마가
그런, 유부남이랑, 얼굴도 개떡 같은, 여자애들
성추행하고 나가리 돼서 깡촌에 내려온

그 개새끼를, 좋다고 쫓아다닌 게 믿기지 않았거든. 우리 엄마 엄청 똑똑한 사람이야. 너도 알잖아. 전혜린 책을 손때가 타게 읽던 우리 엄마, 문정희 시를 읽으면서 눈물을 흘리던, 티브이에서 〈세계테마기행〉이 나오면 죽기 전엔 갈 수 있을까? 중얼거리던 엄마가 그랬다는 게 믿기지 않았어. 밥은 굶어도 《김찬삼의 세계여행》은 팔지 않고 천경자의 〈타히티의 소녀〉를, 그 복사본을 너무 아껴서 걸어두지도 못하고 빛이 안 들게 옷장에 잘 넣어뒀다가 이따금 한 번씩 꺼내보기만 했던 엄마가 어째서 그런 선택을 한 걸까? 도무지 모르겠어서. 엄마가 되어보려고 한 거야. 엄마의 옷을 뒤집어쓰면 이해가 될까 싶어서."

흐흐. 현주가 웃었다. "물론 처음엔 그랬지. 근데 하다 보니 너무 재밌더라고. 이경희가 되는 거. 젊고 예쁜 사람으로 다시 사는 거. 너나 나나, 이미 늙었잖아. 스무 살에 우리는 이미 늙은 상태로 만났잖아. 그래서 몰랐어. 사람들이 왜 그렇게 젊음을 찬양하는지. 엄마가 되어보니까 알겠더라. 찬양. 그래, 엄마 같은 인간은 찬양을 받고 있었어. 그래서 이렇게, 생각했던 거보다 길게…… 마유미로 살아버린 거야. 마유미는, 그런 존재인 거야. 흔한 마더 이슈에서 태어난." 현주가 쓰게 웃었다. "가족 문제에 너까지 끌어들여서 미안하다."

말을 마친 현주가 개운하다는 듯이 일어났다. 일어나서 절벽 끝으로 다가가 기지개를 켰다. 바람이 차가웠다. 소금기 섞이고 거칠어서, 입이 잘 떨어지지 않았다. 침을 삼키려고 해도 목구멍이 꽉 막혀 넘어가지 않았다. 눈앞에 보이는 현주의 실루엣은 검었다. 그를 따라 몸을 일으키자 현기증이 일었다. 흰 우유에 떨어트린 한 방울의 검은 잉크처럼, 흐려진 시야에서 보이는 건 현주뿐이었고⋯⋯.

　그리고 그다음은 잘 기억나지 않는다.
바람이 불었던 것 같기도, 추웠던 것 같기도
하다. 먼바다 위에 빗방울이 떨어지는 소리가
귀까지 푹 눌러쓴 바람막이 재킷 위로, 우비
위로 크게 들리는 것도 같았고, 바위가
매끄러웠던 것 같기도 하고, 뭔가 새가, 새가
머리 위를 난 것도 같고, 그리고 나의 팔이,
눈앞으로 뻗어 나온 나의 팔이 생각보다
길었던 것도 같다. 전부 꿈보다 실감이
느껴지지 않았다. 손바닥에 남은 감촉도 가짜
같았고 후회도 느껴지지 않았다. 기억나는
건 목소리. 생전 처음 듣는 낮게 웅얼거리는
소리뿐이었는데 그마저도 의심스럽다.

　"나의 마유미는 그렇지 않아."

　그렇게 웅얼거리던 것. 그게, 내 목소리가
맞던가?

❖

　아줌마가 침대에 눕고 처음 맞이하는
생일이자 아파트를 팔고, 적금을 깨고, 내가
사는 집으로 현주가 이사한 지 일주일째
되는 날이었다. 아직 풀지 않은 상자가 쌓인
방에서 나는 무기력하게 누워 있던 현주를
일으켰다. 세수를 시키고, 억지로 옷을 꿰어
입혀서 지하철에 태웠다. 도무지 눈에 띄지
않는 빵집을 찾아 헤매다, 결국 원내 카페에서
팔리지 않아 몇 번 크림을 걷어내고 다시
바른 게 분명한 케이크를 사서 병실에 들어간
건 면회 시간을 넘긴 저녁이었다. 오늘이
아줌마의 생일이라고 사정사정을 하는 내게
간호사는 딱하다는 듯 그럼 한 시간만 있다가
나가라고 했다. 나는 아줌마보다 더 시체 같은
얼굴을 한 현주를 의자에 앉히고 부산스레
케이크를 준비했다. 입으로는 생일 축하 노래

어떻게 하지? 사랑하는 아줌마라고 해야
하나? 그럼 너무 박현빈 노래 같지 않냐? 그런
얘기를 하며 속으로는 아줌마가 돌아가신다면
언제를 제삿날로 해야 할까. 그가 자기 발로
베란다에서 떨어진 날일까, 의사가 사실상
사망 선고를 내린 날일까, 그도 아니면 코에서
호스를 떼는 날일까. 그런 생각을 하면서 초를
꽂고 으아, 뜨겁다, 현주야, 애, 애 좀 잡아,
부러 과장하며 불을 붙였다. 타오르는 심지.
흰 크림 위로 뚝뚝 떨어지는 분홍색 연두색
노란색 촛농. 결국엔 사랑하는 아줌…… 님……
으로 끝난 노래. 나는 두 사람을 등지고 창을
열었다. 파라핀이 녹은 냄새가 가는 끈처럼
풀려 먼 곳에 있는 빛 속으로 향했다. 나는
그 빛의 정체가 무언지 알고 싶어서 눈을
가늘게 떴다. 점점이, 성냥갑처럼 일렬로
늘어선 빛은 아파트임이 틀림없었다. 붉게
반짝이는 건 십자가일 테고, 노란 것은

소도시의 랜드마크인, 거대한 철골 맥주잔에 노란색 네온사인이 조용히 차오르는 모양새의 공장 직영점 비어가든 간판일 테다. 그 안에서 하루 일과를 마치고 소란스럽게 먹고 떠드는 사람들을 상상했다. 여름밤, 모기에게 뜯기면서 킥보드를 타고 단지 안을 달리는 어린아이들과 부엌에서 풍기는 호박 지지는 냄새…… 어떤 평화 같은 걸 그렸다. 요양원은 거기서 너무 멀리 떨어져 있었다. 산 중턱의 면회 시간이 끝나가는 요양원은 조용했다. 지나치게 조용해서…… 나는 벌벌 떨며 뒤를 돌았다. 그러나 아줌마가 누운 침대 위에 몸을 드리우고 있던 현주는 그의 목을 조르는 것이 아니었다. 다만 눈을 맞추고 있을 뿐. 한때 이모님이 그랬던 것처럼.

현주가 마유미를 소개해준 건 그로부터 일주일이 지나서다.

현주의 죽음은 실족사로 결론지어졌다.
장례식에는 내가 모르는 사람도 왔다. 한동안
엎드려 있다가 어깨를 들썩들썩 흔들며 떠난
남자가 혹시 젠틀맨이거나 교수가 아닐까
상상해보았다. 송주 이모는 많이 울었다.
눈이 부은 그에게 현주의 죽음을 아줌마에게
알렸느냐고 묻지 못했다. 새로 오신 이모님이
아줌마에게 마유미 영상을 틀어주고 있는지도,
아니, 그가 살아 있는지도 모르겠다. 병실에
가지 않은 지 오래되었다.

그리고 마유미는 다시 돌아왔다. 그날
희구대에서 내려와, 계획한 대로 엿새
뒤에 리모델링을 끝낸 방에서 팬들에게
선물받은 인형을 등지고, 신라호텔에서
산 조그만 생크림 망고 케이크를 잘랐다.
시간이 지나면서 빠졌던 시청자 수는
천천히 채워졌다. 모두 하나같이 점잖은
사람들뿐으로, 나는 그들이 마음에 든다. 모두

마유미를 아끼고 소중히 여길 줄 안다.

마유미는 요즘 뜨개질에 도전하고 있다.
수학 머리가 없어서인지 아직은 서툴다.
그래도 연두색과 연분홍색이 섞인 목도리를
2주에 걸쳐 하나 떠냈다. 군데군데 올이 빠진
곳이 있다. 누가 보아도 초보자의 솜씨구나
싶지만, 모두 그런 점을 사랑스럽다고 했다.
순수한 마유미. 언제나 긍정적인 마유미. 나의
마유미는 그렇다. 그런 마유미를 나는 영원히
지키고 싶다. 그와 달리 나는 가끔 무언가
실수를 하는 기분이 든다. 무슨 실수냐고
물으면 글쎄, 할 말은 없고 그냥 그렇다.
약간은 찜찜한 기분. 근데 원래 삶이라는 게
다 그렇다. 여러분들이 아시는 것처럼 내게는
아무 일도 일어나지 않는다.

---

* 　박이소의 〈무제〉(1994), 미제 야구방망이를 간장에 절
인 것입니다.

작가의 말

마유미와 만난 것은 가을의 일이고 지금은
겨울이 끝나고 있다.

우리는 오래전 이별했다.

요즘엔 가짜 인간에 흠뻑 빠져 머릿속으로
그 애만 생각하고 있다.

해를 거듭할수록 인간으로서는 완전히
무능력하고 쓸모없는 나 자신과 마주하고
있다. 나는 돈도 아이도 만들지 못했고 내가

만든 건 글뿐인데 재작년 일기에 따르면 처녀가 무성생식하는 방법 중 글쓰기만 한 게 없다고 한다. (그리고 미래의 나도 그 말에 동의한다.)

처녀수태로서의 글쓰기.

그러므로 마유미가 내게 온 것은 필연이다.

❖

원고를 수정할 때마다 판단력을 의심하게 된다.

그러니까, 너무 주무른 탓에 글이 선도를 잃은 건 아닌지 겁이 난다. 특히 단편은 한 문장을 빼면 다른 문장이 와르르 무너지는 구조기에 매 순간이 불안의 연속이다. 자주 써보지도 않았을뿐더러……. 치솟는 의심의 모가지를 꺾을 수도 없다. 수정고를 보내며

간절히 바라는 것은 단 하나. 마유미의 두 뺨에
잿가루 같은 아름다움이 묻어 있는 것뿐.

❖

글을 쓸 때 고마운 사람은 아무도 없지만
쓰고 나면 고마운 사람이 생긴다.

단편 제안을 주시고 웹 연재 편집을
담당하신 조은혜 님과 단행본 편집을
맡아주신 곽선희 님 두 분께.
같은 글을 읽고 또 읽는 지난함에 대해 잘
알고 있다. 깊이 고개를 숙인다.

가족들과 친구들에게.
그간 너무 지면을 주지 않았다는 생각이
든다. 인간으로서의 나는 전적으로 당신들에게
기대고 있음을, 인간인 내가 있기에 글을 쓰는

내가 있다는 것을 잊지 않으려고 한다.

　　언젠가부터 나는 지나치게 수줍음이
많아 내게 결코 보이지 않는 다섯 명의
독자들을 상상하며 글을 쓰는데 그들의
공통점은 단 하나, 내가 쓴 글을 세상에서
가장 좋아해준다는 것이다. 처음엔 인기 없는
작가의 자기방어로 시작한 망상이 점점 커져
이제는 그들만 있다면 무엇이든 할 수 있게
되었다. 가장 고독할 때 그들은 나의 버팀목이
되어주고 말도 안 되는 주접으로 나를 웃게
한다. 그들의 세상에서 나의 소설은 영생의
전당에 올라가고 그곳에서 마유미는 살아
있다. 정말로 살아서, 언젠가 그 세계로 넘어갈
나를 기다리고 있다.

　　보고 계신지요.
　　나를 지탱하는 환상, 가짜, 망상……

무엇이든 상관없는 당신들을 위해 쓰고 있습니다.

멈추지 않겠다는 약속을 담아

나의 마유미를 드립니다.

마음껏 아끼고 부수어주세요.

❖

마유미와 나의 끈적한 사랑은 이걸로 끝이다.

2023년 봄

이희주

– 02

마유미

초판 1쇄 인쇄 2023년 2월 17일
초판 1쇄 발행 2023년 3월 8일

지은이 이희주
펴낸이 이승현

출판2 본부장 박태근
스토리 독자 팀장 김소연
편집 강소영 곽선희 김해지 이은정 조은혜
디자인 이세호

펴낸곳 ㈜위즈덤하우스   **출판등록** 2000년 5월 23일 제13-1071호
주소 서울특별시 마포구 양화로 19 합정오피스빌딩 17층
전화 02) 2179-5600   **홈페이지** www.wisdomhouse.co.kr

ISBN 979-11-6812-702-9 04810
      979-11-6812-700-5 (세트)

값 13,000원